AF546780

J. KELLEY SKOVRON

MIT EINEM FUSS IM DESASTER

Aus dem amerikanischen Englisch von
Ulrich Thiele

SCHNEIDERBUCH

1. Auflage 2022
Deutsche Erstausgabe

Originaltitel: »The Hacker's Key«

Umschlaggestaltung: semper smile Werbeagentur GmbH
Umschlagabbildungen: PATCHAREE SISUWONG, Toma Stepunina,
Oleksandr Khoma, green graphy / Shutterstock
Satz: GGP Media GmbH, Pößneck
Druck und Bindung: GGP Media GmbH, Pößneck
Printed in Germany · ISBN 978-3-505-15053-1

www.schneiderbuch.de
Facebook: facebook.de/schneiderbuch
Instagram: @schneiderbuchverlag

Für meine Söhne Logan und Zane

Lass sie glauben, es wäre unmöglich

Vor der Südwestküste Islands, unter einem grauen Himmel und in einem dunklen Meer, lag eine kleine Insel mit einem schmalen Strand aus schwarzem Sand. Zu erreichen war sie nur mit einem Boot oder Helikopter. Doch das störte niemanden, denn wer macht sich schon freiwillig auf den Weg zu einem solchen Fleckchen Erde, an dem es sowieso immer kalt und nass ist.

Auf der Insel gab es nur ein einziges Gebäude: eine bescheidene Holzhütte mit einer Tür und zwei Fenstern. Irgendwann war sie blau gestrichen worden, doch durch die salzige Seeluft war die Farbe inzwischen so ausgeblichen, dass die Wände nun fast mit dem grauen Himmel verschmolzen. Die Fenster waren offenbar seit Jahren ungeputzt, Salzschlieren zogen sich über das Glas. Alles wirkte uralt, bis auf eines: Das Türschloss blitzte und glänzte, als wäre es erst am Tag zuvor montiert worden. Es handelte sich um ein unknackbares Magnetschloss.

Die Tür stand sperrangelweit offen.

In der Hütte befanden sich zwei schmale Betten, ein Tisch, ein Kühlschrank und ein kleiner Kanonenofen. Auf dem Boden lagen zwei kräftige Männer, der Kleidung nach Fischer. Es waren aber keine Fischer, sondern Angehörige einer Elite-Sicherheitseinheit der Vereinten Nationen. Oder besser gesagt: Das waren sie gewesen. Jetzt waren sie tot.

In den Boden der Hütte war eine geheime Falltür eingelassen, verborgen unter einem Teppich und so gut gedämpft, dass man sie nicht unter den Füßen spürte, sollte man zufällig darüber laufen. Man würde sie also nur finden, wenn man bereits von ihr wusste. Und selbst wenn man irgendwie von ihr erfahren haben sollte, war sie zusätzlich durch einen Netzhautscanner gesichert, der lediglich drei Personen auf diesem Planeten Zutritt gewährte.

Der Teppich war zurückgeschlagen, die Falltür stand offen.

Wer irgendwie die abgelegene Hütte ausfindig gemacht, das Magnetschloss geknackt, die Elite-Wachen ausgeschaltet, die geheime Falltür entdeckt und den Netzhautscanner überwunden hatte, würde dann auf eine Leiter stoßen, die in einen unterirdischen Raum führte. Dort unten angekommen, hätte man zehn Sekunden Zeit, um zu einer verriegelten Tür am anderen Ende des Raumes zu gelangen und in ein Mikrofon zu sprechen. Sollte die Stimmerkennungssoftware daraufhin grünes Licht geben, würde sich die Tür öffnen. Sollte sie ablehnend reagieren, würde der Raum mit Giftgas geflutet, das einen schnell und schmerzlos ins Jenseits befördern würde. Wie der Netzhautscanner gewährte auch die Stimmerkennung lediglich drei Personen auf diesem Planeten Zutritt.

Die Tür stand offen.

Dahinter befand sich eine kleine Kammer, kaum größer als ein Wandschrank. In der Kammer stand ein Tisch und auf dem Tisch ein Kasten aus kugelsicherem Glas. Dieser war gesichert durch einen Fingerabdruckscanner, der ihn nur für ebenjene drei Personen entriegeln würde.

Der Glaskasten war geöffnet. Der Gegenstand, der sich darin befunden hatte, war verschwunden. An seiner Stelle lag ein altes Videospiel-Modul aus den 1980er-Jahren.

Das Unbegreifliche an all dem war, dass die drei Personen, die offiziell Zugang zu diesem Glaskasten hatten, am Vorabend leblos in ihrem Zuhause aufgefunden worden waren: eine in Washington, eine in Moskau und eine in Peking. Alle drei waren einige Stunden vor dem Diebstahl gestorben, offenbar an Herzversagen.

Komme nie zu spät, außer zu deiner eigenen Beerdigung

Bereits im Aufwachen erkannte Ada Genet, dass sie verschlafen hatte. Um Punkt sechs Uhr früh wäre die Sonne niemals so hell in das kleine Zweierzimmer gefallen. Ada lehnte sich über den Rand des Etagenbettes und warf einen Blick nach unten. Cody Francesco, ihre chilenische Mitbewohnerin, war schon weg. Dass Cody gegangen war, ohne sie zu wecken, wunderte Ada nicht – sie verstand sich nicht besonders gut mit ihr. Ja, es wäre Cody sogar zuzutrauen gewesen, dass sie Adas Alarm verstellt hatte.

Mit einem eleganten Sprung schwang Ada sich vom oberen Bett und griff sich ihre Armbanduhr vom Tisch. Wie erwartet: Es war 6:55 Uhr. Wenn sie nicht in fünf Minuten im Klassenzimmer wäre, würde Mr. Albertson ihr todsicher einen Strafpunkt verpassen, damit hatte er ihr schon ewig gedroht. Ein Strafpunkt mehr, und sie müsste sich auch noch von ihrem letzten bisschen Freiheit verabschieden.

Obwohl sie bereits seit fast einem Jahr auf die Springfield Military Reform School ging, fiel Ada das frühe Aufstehen nach wie vor schwer. Solange sie bei ihrem Vater gelebt hatte, waren sie nur selten vor Mittag auf gewesen. Aus demselben Grund fiel es Ada außerdem schwer, vor drei Uhr nachts ins Bett zu gehen. Ihr war zwar bewusst, dass das eine Problem mit dem anderen zusammenhing, und trotzdem wäre es ihr einfach unsinnig vorgekommen, so viele wundervolle Nachtstunden mit Schlaf zu vergeuden. Ihr Vater wäre da ganz ihrer Meinung gewesen.

Doch der saß inzwischen in einem Hochsicherheitsgefängnis und war deshalb keine große Hilfe. Mit einem Anflug von Neid überlegte Ada, ob er dort wenigstens ausschlafen durfte.

Hastig schlüpfte sie in ihre Schuluniform: weiße Hemdbluse, blau gestreifte Krawatte, hellbrauner Rock, blaue Kniestrümpfe, blauer Blazer. Sie bürstete ihre langen blonden Haare, band sie zu einem Pferdeschwanz und schnappte sich ihren Rucksack. Dann spähte sie vorsichtig in den Flur.

Mitten auf dem Gang stand die Aufsicht, Ms. Grand. Die Arme verschränkt, starrte sie finster unter ihren buschigen grauen Brauen hervor. Es war sowieso schon eine Herausforderung, es jetzt noch pünktlich ins Klassenzimmer zu schaffen, und wenn Ada versuchte, sich an Ms. Grand vorbeizudrücken, würde sie garantiert mit langen Belehrungen aufgehalten werden und käme erst recht zu spät. Sie musste wohl oder übel die andere Route nehmen. Ausgerechnet an diesem Morgen, wo es so kalt war …

Ada wich geräuschlos zurück. In ihrem Zimmer nahm sie ein kleines, selbst gebasteltes Gerät aus der Tasche. Es war etwas größer als eine Münze und bestand aus zwei alten, aus dem Müll gefischten Plastikplättchen und einer schmalen, dazwischen eingeklemmten Platine. Ein einfacher Funksender, den ihr Kumpel Jace für sie gebaut hatte. Presste man die beiden Plättchen zusammen, wurde auf der Platine ein kurzer Kontakt hergestellt und dadurch ein Signal an Jace' Funkempfänger gesendet. Durch schnelles Drücken schickte Ada ihm eine Nachricht in Morsezeichen:

CQD SOS PLN F II SOS PLN F

Übersetzt bedeutete das: »An alle, es herrscht Gefahr. Ein Notfall ist eingetreten. Plan F durchführen. Ich wiederhole, ein Notfall ist eingetreten. Plan F durchführen.«

Leider war Ada nur in der Lage, Signale zu senden, aber nicht zu empfangen. Deshalb konnte sie nur hoffen, dass Jace ihre Botschaft erhalten hatte. Sie zog die steifen Lederschuhe aus, die sie in der Schule tragen musste, und stopfte sie in ihren Rucksack. Danach öffnete sie das Fenster, hakte das Fliegengitter aus und kletterte hinaus ins Freie.

Adas Zimmer lag im neunten Stock. Als sie in ihren blauen Strümpfen auf den schmalen Steinvorsprung stieg, konnte sie den Blick weit über das Schulgelände schweifen lassen. Auf dieser Seite des Gebäudes lag eine große Grünfläche, auf der sowohl Fußball als auch American Football gespielt wurden. Kühler, böiger Frühlingswind schlug ihr entgegen, ließ ihren Rock flattern und zupfte an ihrem Pferdeschwanz.

Wo war noch mal das Klassenzimmer? »Vier rüber, drei runter«, murmelte Ada vor sich hin, um sich zunächst ein bisschen zu entspannen. Es war das erste Mal, dass sie an dieser Fassade kletterte.

In der Waagerechten kam sie ohne große Probleme voran, denn auf diesem Stockwerk waren die Schülerzimmer sehr schmal. Ein langer Ausfallschritt, ein kurzer Hüpfer, und schon klebte Ada am benachbarten Fenster. So gelangte sie in wenigen Sekunden zu Fenster Nummer vier. Ab diesem Punkt wurde es knifflig. Sie musste kontrolliert drei Stockwerke absteigen – sonst würde sie vorbei an allen acht in die Tiefe rauschen.

Den Bauch an die Scheibe gedrückt, stellte Ada sich so breitbeinig wie möglich auf den Sims. Sie ging in die Knie, packte den

Vorsprung unter ihren Füßen mit beiden Händen und ließ sich dann daran herab, bis ihre Arme durchgestreckt waren und ihre Beine vor dem Fenster eine Etage tiefer baumelten. In dieser Position stieß sie die Füße nach links und rechts und presste sie innen in die Fensternische. ›Stemmen‹ nannte man diese Technik beim Klettern. Sie ließ den oberen Vorsprung los. Jetzt hatte sie die Hände frei, ihr volles Gewicht ruhte auf ihren gestreckten Beinen. Drahtig und durchtrainiert, wie sie war, konnte Ada sich durch ein kurzes Anspannen ihrer Muskeln ausbalancieren. So weit, so gut.

Normalerweise hatte Ada bei solchen Unternehmungen allerdings vernünftige Kletterschuhe an den Füßen. Als auf einmal der dünne Stoff eines Strumpfs riss, wurde sie daher kalt erwischt. Ihr Fuß rutschte ein paar Zentimeter ab.

Ada drehte sich der Magen um, sie japste nach Luft. Das sollte sie lieber bleiben lassen. Sie musste sich dringend beruhigen. Und wenn ihre Beinmuskulatur noch so stark brannte, überlastet davon, ihr Gewicht in dieser unnatürlichen Position zu halten – beim Klettern durfte man nie aus Verzweiflung heraus handeln. Also biss Ada die Zähne zusammen, schloss die Augen und wartete ab, bis sie ihre Atmung wieder im Griff hatte. Erst dann krallte sie die Finger in den Fensterrahmen und ließ sich langsam auf den darunterliegenden Vorsprung hinabgleiten.

Dort gönnte sie ihren Beinen ein paar Sekunden Erholung, bevor sie die ganze Prozedur noch zweimal wiederholen musste. Am Ende waren ihre Strümpfe zerfetzt, und ihre Arme und Beine zitterten vor Erschöpfung, doch sie gelangte heil zum Fenster des richtigen Klassenzimmers.

Der Moment der Wahrheit war gekommen. Hatte Jace ihre

Nachricht erhalten und das Fenster entriegelt? Darauf setzte Ada all ihre Hoffnung, schließlich hatte sie keinen Plan B – was für ihren Vater bestimmt eine herbe Enttäuschung gewesen wäre.

Sie bückte sich, fasste die Unterkante des Schiebefensters und zog. Geschmeidig glitt es auf. Ada erlaubte sich einen leisen Seufzer der Erleichterung und schlüpfte dann mit dem Gongschlag ins Klassenzimmer.

Vorne saß Mr. Albertson hinter seinem Pult und korrigierte hochkonzentriert Aufgaben, die breite Stirn in Falten gelegt. Cody Francesco sah ihm dabei zu, ein zufriedenes Lächeln auf ihrem perfekt gebräunten Gesicht. Als der Gong verhallte, drehte sie sich um und warf einen siegessicheren Blick auf Adas Platz.

Allein dafür hatte sich der ganze Aufwand gelohnt. Denn als Cody sah, wie Ada sich schnell auf den Stuhl neben Jace schob und die Lederschuhe über ihre ruinierten Strümpfe zog, zerschmolz ihr Grinsen zu einer Grimasse der Fassungslosigkeit.

Ada schenkte Cody ein freundliches Lächeln, bevor sie sich an Jace wandte.

»Ich bin dir was schuldig.«

Jace Winslow hatte dunkelbraune Haut und einen leichten Flaum auf der Oberlippe, der noch lange keinen richtigen Bart hergab. Sein kräftiges Haar war an den Schläfen so kurz rasiert, dass man die Haut durchschimmern sah, während es darüber in wilden Locken abstand, wie es wollte. Er grinste sie an.

»Du bist eindeutig verrückt, Samus.«

Diesen Spitznamen hatte Jace ihr schon am Tag ihrer ersten Begegnung verpasst, weil Ada angeblich verblüffende Ähnlichkeit mit Samus Aran hatte, der galaktischen Kopfgeldjägerin aus den *Metroid*-Videospielen oder auch aus *Super Smash Bros.* Von diesem

Augenblick an hatte Ada gewusst, dass sie sich bestens verstehen würden.

»Warum sollte ich verrückt sein?«, fragte sie und rückte dabei ihre Schulkrawatte zurecht.

»Plan *Fenster*? Ich hätte nicht gedacht, dass du den wirklich mal durchziehen würdest.«

»Ich kann mir keinen Strafpunkt mehr leisten. Und ich lasse mich sicher nicht in die C-Klasse verfrachten. Da hat man immer einen Aufpasser an der Backe, und ich brauche ab und zu etwas Zeit für mich. Ein Glück, dass du meine Nachricht bekommen hast.«

»Ohne Handys haben wir ja nichts Besseres. Übrigens, ich bastele doch schon länger an diesen Funkgeräten. Die sollten bald fer…«

»Also dann …« Mr. Albertson blickte von seinen Papieren auf. »Es hat bereits gegongt, deshalb wollen wir allmählich zur Ruhe kommen und …« Er runzelte die Stirn. Nachdenklich blickte er zu Ada hinüber. »Miss Genet, wann sind Sie denn zu uns gestoßen?«

Ada setzte eine Unschuldsmiene auf. »Ich bin schon die ganze Zeit hier, Mr. Albertson.«

»Hmmm …« Sein Blick wanderte zum Fenster. Die Falten auf seiner Stirn vertieften sich. »Und wieso steht das Fenster offen?«

Sie hatte vergessen, das Fenster zu schließen! Da war sie erst seit einem Jahr an dieser Schule und wurde offensichtlich schon nachlässig. »Oh, das habe ich gerade erst aufgemacht, Mr. Albertson. Es geht doch nichts über ein bisschen frische Morgenluft.«

»Hmmm …«, machte Mr. Albertson noch einmal, sichtlich skeptisch – wahrscheinlich weil Ada normalerweise kein Geheimnis daraus machte, was für ein riesiger Morgenmuffel sie war. Die Situation war also mehr als verdächtig, aber Beweise hatte

Mr. Albertson keine, deswegen konnte er ihr auch nichts vorwerfen. Resigniert seufzte er. »Na schön. Wie dem auch sei. Fangen wir endlich …«

»Bitte entschuldigen Sie die Störung.«

Eine Frau Anfang vierzig steckte den Kopf zur Tür herein. Kurzes schwarzes Haar, eine Brille mit Silberrahmen. Ada stockte der Atem. Das war ihre Fallbetreuerin Ms. North. Und die unterbrach nie den Unterricht, weil es *gute* Nachrichten gab. War sie auch für andere Schüler in dieser Klasse zuständig? Ada hoffte es sehr …

Mr. Albertson starrte die Fallbetreuerin unfreundlich an. »Ja, Ms. North? Was gibt es?«

An der Springfield Military Reform School waren Lehrer und Fallbetreuer grundsätzlich nicht unbedingt beste Freunde. Was wahrscheinlich daran lag, dass die Lehrer ihren Schützlingen – zumindest theoretisch – unterstützend zur Seite stehen sollten, während die Fallbetreuer dafür zuständig waren, ihnen das Leben immer noch schwerer zu machen. Durch dieses Hin und Her aus Belehrung und Bestrafung sollten die Schüler anscheinend irgendwie zurück auf den rechten Weg finden und zu aufrechten Mitgliedern der Gesellschaft werden. Ada hatte daran so ihre Zweifel.

Ms. North ließ den Blick ihrer kalten blauen Augen von Mr. Albertson zu Ada wandern. Sie lächelte. Für Ada war dieses Lächeln ein eindeutiges Signal, dass es Ärger gab.

»Ich fürchte, ich muss kurz mit Miss Genet sprechen«, sagte Ms. North in ihrem kontrollierten, kristallklaren Tonfall. »Unter vier Augen. Jetzt.«

Lass sie nie deinen Angstschweiß riechen

Ada lief hinter Ms. North den Flur zur Beratungsstelle entlang und wunderte sich. Wie konnte es sein, dass sie beim Fassadenklettern erwischt worden war? Die anderen aus ihrer Klasse hatten doch überhaupt keine Zeit gehabt, sie anzuschwärzen. Aber wie war es dann rausgekommen? Hatte zufällig irgendwer zur falschen Zeit aus dem Fenster geschaut? Oder war sie von einer Überwachungskamera außerhalb des Gebäudes erfasst worden?

Doch da Ms. North bisher kein Wort darüber verloren hatte, würde Ada sich fürs Erste einfach dumm stellen. Wie sagte ihr Vater immer? Schenk ihnen nichts, selbst wenn du glaubst, sie hätten dich im Sack.

Die Springfield Military Reform School war in Wirklichkeit eine Art Niedrigsicherheitsgefängnis für Teenager, bloß getarnt als Schule. Aber was die »Beratungsstelle« anging, hatte man sich die Tarnung dann gleich gespart. Sobald Ada und Ms. North durch eine große Tür in den entsprechenden Gebäudetrakt wechselten, waren an den Wänden keine farbenfrohen Poster mit Motivationssprüchen und Sicherheitshinweisen mehr zu sehen. Übrig blieben nur kahles Weiß und ein weitläufiger Raum, der mehr nach Großraumbüro als nach Lehrerzimmer aussah.

An langen Schreibtischreihen saßen Männer und Frauen in Geschäftskleidung. Das waren die untergeordneten Fallbetreuer, die sogenannten Junior-Mentoren, zuständig für jeweils zehn bis zwanzig Schüler mit »niedrigem Risiko« aus der B-Klasse. Schüler wie Cody Francesco und Jace Winslow. Die ranghöheren Fallbetreuer, die sogenannten Senior-Mentoren, hatten weniger Fälle zu betreuen, weil sie sich um die »Hochrisikoschüler« kümmerten, die fast alle in die C-Klasse gingen. Ada war eine der seltenen Ausnahmen: Sie besuchte die B-Klasse, hatte aber trotzdem eine Senior-Mentorin. Als würden die da oben schon fest damit rechnen, dass sie es früher oder später doch noch vermasseln und in der C-Klasse landen würde. Gut möglich, dass es heute so weit war.

Ada folgte Ms. North in ihr Büro am anderen Ende des Raumes. Alle Senior-Mentoren verfügten über ein eigenes Büro, und es hatte bestimmt nichts Gutes zu bedeuten, wenn man dort hineingeschleppt wurde und die Tür zuging.

Ada setzte sich auf den Stuhl vor dem Schreibtisch und beobachtete, wie Ms. North die Tür schloss.

Ohne Eile schritt Ms. North durch das Zimmer und nahm ebenfalls Platz, legte die Fingerspitzen aneinander und blickte Ada an. Das Deckenlicht spiegelte sich grell in ihren Brillengläsern, ihre Augen waren kaum zu erkennen.

Diese kleine Aufführung sollte Ada einschüchtern, das war ihr klar. Und okay, es funktionierte sogar einigermaßen. Doch das würde Ada sich nicht anmerken lassen. Sie erwiderte Ms. Norths Starren ausdruckslos, fast ein bisschen gelangweilt.

»Miss Genet«, sagte Ms. North, »wissen Sie, wie lange ich nun schon an der Springfield Military Reform School tätig bin?«

Egal, wie Adas Schätzung ausfiel, ob zu niedrig oder zu hoch, Ms. North könnte es immer als Beleidigung auffassen. »Nein, Ma'am«, antwortete sie deshalb einfach.

»Zehn Jahre als Junior-Mentorin, acht als Senior-Mentorin, also insgesamt seit 18 Jahren. In diesen 18 Jahren hat sich ein Grundsatz stets bewährt. In Fällen, in denen ein verurteilter Straftäter seinen Nachwuchs darin geschult hat, die … wie soll ich sagen … *Familientradition* fortzuführen, empfiehlt die Beratungsstelle der Springfield Military Reform School ausdrücklich, jeden Kontakt zwischen dem betreffenden Kind und dem straffälligen Elternteil zu unterbinden, bis sich das Kind nach Einschätzung seines Mentors in dem Maß gebessert hat, dass es nicht mehr anfällig ist für den schlechten Einfluss des besagten Elternteils.«

»Und deswegen darf ich meinen Vater nicht im Gefängnis besuchen«, sagte Ada. »Obwohl ich mit dem Auto in einer Stunde da wäre.«

Ms. North nickte. »Schön, dass Sie sich noch daran erinnern. Dann wird Ihnen klar sein, dass Sie nur aufgrund außergewöhnlichster Umstände in zehn Minuten abgeholt und zu Ihrem Vater gebracht werden.«

»I… im Ernst?«

»Im Ernst.« Allzu gut gestimmt wirkte Ms. North nie, doch jetzt schien ihre Laune einen neuen Tiefpunkt erreicht zu haben. Ob sie sich darüber ärgerte, nun blöd dazustehen, nachdem sie Ada das ganze Jahr lang prophezeit hatte, dass sie ihren Vater so schnell nicht wiedersehen würde? Oder steckte noch etwas anderes dahinter? Erwartet hatte Ada eine Strafe fürs Fassadenklettern, bekommen hatte sie ein Angebot, endlich ihren Vater besuchen zu dürfen. Es war viel zu schön, um wahr zu sein. Es gab sicher irgendeinen Haken.

»Wieso jetzt?«, fragte sie.

Ms. North nickte, als hätte sie mit dieser Frage gerechnet.

»Scharfsinnig wie eh und je, Miss Genet. Dass wir in diesem Fall von unseren Prinzipien abweichen, hat nicht etwa mit sentimentalen Anwandlungen aufseiten der US-Behörden zu tun. Wir brauchen Sie.«

»*Ich* soll *Ihnen* helfen?« Nur weil sie den Besuch bei ihrem Vater nicht aufs Spiel setzen wollte, verzichtete Ada darauf, ihrer Senior-Mentorin ins Gesicht zu lachen.

»Aus einer streng geheimen Einrichtung der Vereinten Nationen wurde gestern etwas … *Gefährliches* entwendet. Und unser bisher einziger Hinweis auf den Verbleib des Diebesguts steht in direktem Zusammenhang mit Ihrem Vater.«

»Aber mein Vater sitzt seit einem Jahr im Hochsicherheitsknast.«

»Das stimmt«, sagte Ms. North. »Wir gehen nicht davon aus, dass er die Tat verübt hat. Unserer Vermutung nach kennt er jedoch den Täter. Und er könnte eine Ahnung haben, was dieser mit dem … entwendeten Objekt vorhat.«

Das Gespräch entwickelte sich in eine ungute Richtung. Vorerst hielt Ada den Mund.

»Selbstverständlich haben wir Ihren Vater schon vernommen«, fuhr Ms. North fort. »Doch er möchte nur mit Ihnen sprechen.«

Ada bemühte sich, ruhig zu antworten, ihre Wut außen vor zu lassen. Es gelang ihr nicht. »Sie erwarten von mir, *dass ich meinen eigenen Vater verhöre*?«

»Falls er an den Ermittlungen mitwirkt, sollen Sie ein monatliches Besuchsrecht bei ihm erhalten. Das haben wir Ihrem Vater zugesichert – am Anreiz sollte es also nicht scheitern.« Ms. North schob ihre Brille nach oben und schnitt eine Grimasse. »Nur um keine Missverständnisse aufkommen zu lassen: Ich persönlich habe mich gegen dieses Zugeständnis ausgesprochen. Offen gesagt, fehlt es bei Ihnen aus meiner Sicht an vielem, aber nicht an Kontakt zu Ihrem Vater. Dass ich dennoch von meinen Vorgesetzten überstimmt wurde, sollte Ihnen die ganze Tragweite der Angelegenheit verdeutlichen.«

Monatliche Besuche bei ihrem Vater wären zwar schön, doch dass sie im Gegenzug für die Behörden Informationen aus ihm herauskitzeln sollte – das ging Ada gegen den Strich. Wäre das nicht eine Art Verrat?

»Und wenn ich sage, dass ich nicht will?«, fragte sie.

Ms. North antwortete mit einem eisigen Lächeln. »Tja, dann müsste ich Mr. Albertson leider von Ihrer morgendlichen Kletterpartie an der Schulfassade berichten, mit der Sie offenbar ein weiteres Zuspätkommen abwenden wollten. Da dürfte ihm nichts anderes übrig bleiben, als Ihnen den gefürchteten letzten Strafpunkt zu geben.«

Zornig starrte Ada sie an. Ms. North hatte von Anfang an gewusst, wie sie ins Klassenzimmer gelangt war, und es nur für den richtigen Augenblick in der Hinterhand behalten.

Adas offene Feindseligkeit schien Ms. North nicht zu kümmern. »Also sind wir uns einig?«

Wenn die Behörden Adas Vater einen Deal über Besuchsrechte angeboten hatten, waren sie offensichtlich auf ihn angewiesen. Damit waren sie jetzt auch auf Ada angewiesen. Und ihr Vater sagte immer: *Wenn dich jemand braucht, sieh zu, dass die Gegenleistung stimmt.*

»Wissen Sie was?«, meinte Ada wie nebenbei. »Laut wissenschaftlichen Studien wirken positive Verstärkungen viel motivierender auf Teenager als Strafandrohungen.«

Ms. Norths Augen verengten sich. »Was schwebt Ihnen vor?«

»Wenn ich etwas Nützliches herausfinde, vergessen Sie nicht nur meinen kleinen Ausflug von heute Morgen, sondern streichen außerdem einen meiner bisherigen Strafpunkte aus der Akte.«

»Miss Genet.« Ms. North lehnte sich vor. »Sollten Sie uns verwertbare Erkenntnisse liefern, sprich irgendwelche Informationen, die tatsächlich zu gebrauchen sind, werde ich dafür sorgen, dass Sie wieder eine blütenweiße Weste haben. Ja, ich würde sogar in Erwägung ziehen, Ihnen den Videospielclub zu genehmigen, den Jace und Sie seit Beginn des Schuljahres wieder und wieder beantragt haben. Genügt das als Ansporn?«

Wer zuhören kann, erfährt mehr als der, der spricht

Zehn Minuten später saßen Ada und Ms. North auf dem Rücksitz eines schwarzen SUV mit getönten Scheiben. Der Fahrerbereich war durch eine Metalltrennwand abgeteilt. Auf dem Springfield-Schulgelände gab es weder Zellentüren noch vergitterte Fenster, daher musste Ada beim Anblick dieser Barriere schlucken. So »frei« war sie also in Wirklichkeit.

Ms. North hatte anscheinend mitbekommen, wie Ada zur Seitentür hinüberschielte. »Falls Sie sich fragen, ob sie sich von innen öffnen lässt – nein.«

»Das habe ich mich nicht gefragt.« Ada wollte weg von hier, aber noch dringender wollte sie ihren Vater sehen.

Sie starrte aus dem Fenster und sah Farmen und kümmerliche Baumgrüppchen, mehr Landschaft hatte dieser Teil von Virginia nicht zu bieten. Wie sie wusste, würde man in nordöstlicher Richtung nach Washington, D.C., gelangen, und dahinter lag Jace' Heimatstadt Baltimore in Maryland. Die nächstgelegene Stadt im Süden war Richmond, Virginia, dann kam Raleigh, North Carolina. Im Westen erstreckten sich die Ausläufer des Appalachen-Gebirges, im Osten die Chesapeake Bay und schließlich der Atlantische Ozean. Wie immer gab es Ada ein gutes Gefühl, sich im Geist eine Landkarte auszumalen. Früher hatte sie sich häufig gefühlt wie ein

Mensch ohne Wurzeln, manchmal sogar, als hätte sie keine Verbindung zur realen Welt. Wahrscheinlich weil sie und ihr Vater ständig auf Reisen gewesen waren. Landkarten verankerten sie im Hier und Jetzt. Sie riefen ihr in Erinnerung, dass sie selbst echt war und kein Geist oder etwas Ähnliches …

»Da wären wir. Miss Genet?«

Aus ihren Grübeleien gerissen, stellte Ada fest, dass der Wagen auf einen gigantischen Betonbau zurollte, der hinter einer nicht minder gigantischen Steinmauer lag. An deren Oberkante war scharfer Stacheldraht gespannt, in regelmäßigen Abständen ragten Wachtürme empor, und auf diesen waren mit Schnellfeuergewehren bewaffnete Uniformträger postiert. Klar, es war ein einschüchternder Anblick, und doch war Ada überrascht, wie … wie langweilig das Ganze wirkte. Kein Vergleich zu den imposanten Haftanstalten, in denen kriminelle Superhirne in Kinofilmen einsaßen. Und zu dieser Gruppe zählte ihr Vater eindeutig.

Der schwarze SUV hielt neben einem Wachposten vor einem massiven Stahltor. Der Fahrer, ein Schwarzer Mann mit glänzender Glatze, ließ das Seitenfenster herunter und zeigte seine Ausweiskarte. Nickend betätigte die Wache einen Knopf, und das Tor schwang gemächlich auf. Ohne Hintergedanken, eigentlich nur aus Gewohnheit, überprüfte Ada es mit dem Blick sorgfältig auf Schwachstellen.

Zwischen der Mauer und dem Hauptgebäude standen einige schwarze, dicht an dicht geparkte SUVs, allem Anschein nach alle dasselbe Modell wie der, in dem sie gerade unterwegs waren. Davon abgesehen war der Hof leer. Der Fahrer steuerte neben die anderen Wagen und stellte den Motor ab.

Ada und Ms. North mussten warten, bis der Fahrer ihnen die

Tür öffnete. Dann begaben sie sich zu dritt zu einem unauffälligen Eingang an der Seite des Gebäudes. Der Fahrer hielt seine Ausweiskarte vor einen Sensor, der daraufhin grün aufleuchtete. Mit einem hörbaren Klicken entriegelte sich das Schloss. Ada war verblüfft. Dass eine Hochsicherheitseinrichtung auf derart windige Technik setzte! Mit einem Smartphone und ein paar Bauteilen, die man überall für zehn Dollar bekam, hätte sie problemlos eine Schlüsselkarte für ein solches Lesegerät faken können.

Der Fahrer stieß die Tür auf, und hinter Ms. North betrat Ada einen leeren Flur. Im Licht der antiquierten Neonröhren sahen sie alle aus, als wären sie seit mindestens einer Stunde tot. Ada fragte sich, wie alt diese Anlage wohl war. Und wie man ihren Vater mit solchen Mitteln davon abhalten wollte, einfach abzuhauen.

Anstatt ihnen zu folgen, wartete der Fahrer an der Tür. Wie er dort stand, die Arme vor der Brust verschränkt, zeichnete sich unter seiner Anzugjacke ein eindeutiger Umriss ab: Er war bewaffnet. Außerdem fiel Ada auf, dass der kleine Finger seiner linken Hand fehlte. Bei dieser Beobachtung regte sich irgendetwas in ihrem Gedächtnis, doch sie bekam die Erinnerung nicht zu fassen.

Vor einer Tür ungefähr in der Mitte des Flurs blieb Ms. North stehen. Sie klopfte an.

Für einen Augenblick herrschte Stille, dann meldete sich eine tiefe Männerstimme. »Herein.«

Ms. North öffnete die Tür, und Ada folgte ihr in einen kleinen, aber überfüllten Raum. Vier Männer und eine Frau, alle seriös gekleidet, hatten sich um ein Tischchen mit einem Laptop darauf versammelt.

»Ah, Agent North«, sagte ein älterer Amerikaner mit grau meliertem Bürstenschnitt.

Ada sah Ms. North an. Sie war *Agentin*?

Ms. North erwiderte ihren Blick, eine dünne schwarze Augenbraue nach oben gezogen, wie um zu sagen: *Ups*. Dann wandte sie sich an den Mann.

»Genets Tochter Ada. Wie bestellt, Sir. Aber wenn ich noch einmal betonen darf …«

»Ja, ja, Ihrer fachlichen Einschätzung nach machen wir einen Fehler. Ich weiß.« Der Mann winkte ab und wandte sich wieder dem Laptop zu.

Das war dann wohl der Boss von Ms. North. Die war Ada zwar nie sympathisch gewesen, ihren ruppigen Chef konnte sie aber noch weniger leiden. Doch als sie eine leichte Bewegung auf dem Monitor bemerkte, waren alle anderen Gedanken verflogen.

Auf dem Bildschirm lief ein Livestream aus der Gefängniszelle ihres Vaters.

»Papa …« Das Wort kam Ada automatisch über die Lippen, sie konnte nichts dagegen tun, und ihr Magen zog sich zusammen. Dort war der Mensch, den sie mehr liebte als alles andere auf der Welt, gefangen in einer winzigen Kammer.

Er lag lang ausgestreckt auf dem schmalen Bett, eine schlanke, hochgewachsene Gestalt, und las in einem abgegriffenen Taschenbuch – einer seiner Lieblingsromane, *Neuromancer* von William Gibson. Für Ada war es ein seltsames Gefühl, ihren Vater in diesem orangefarbenen Sträflingsoverall zu sehen, schließlich hatte er nie knallige Kleidung getragen. Schwarz, Grau, Marineblau und Jagdgrün, hin und wieder Braun – das waren die Farben des Monsieur Remy Genet, seines Zeichens Hacker und Dieb, berühmt-berüchtigt in aller Herren Länder. Noch dazu hatte er abgenommen. Denkbar, dass es nur an der unbarmherzigen Beleuchtung der kleinen, kahlen Zelle lag, doch er wirkte beinahe ausgemergelt, seine Wangen waren eingefallen und unter den Augen hatte er dunkle Ringe. Nur die Augen selbst waren zum Glück noch wie früher, strahlend grün mit einem belustigten Glitzern darin und einer großen Portion Verschmitztheit im Blick.

Auf einmal schnürte sich Adas Kehle zusammen, und sie musste blinzeln, um die Tränen zu unterdrücken.

»Kchh. Ein durch und durch absurder Plan«, sagte ein großer, breitschultriger Mann auf Russisch zu seinem kleinen, kahlköpfigen Kollegen. »Was können wir von diesem Kind schon erwarten außer hysterischen Anfällen?«

Mit einem Ruck drehte Ada sich zu ihm um, ihr Gesicht vor Wut feuerrot angelaufen. »Die *junge Frau* wird Ihnen verwertbare Erkenntnisse liefern«, erwiderte sie in makellosem Russisch. »Also gehen Sie doch in die Sauna!«

In Russland war es eine deutliche Ansage, jemanden zum Gang in die Sauna aufzufordern. So schockiert, wie der Mann dreinblickte, wusste er das ganz genau. Der Glatzkopf neben ihm musste kichern.

Auf Englisch, aber mit starkem Akzent wandte sich der Russe an Ms. Norths Vorgesetzten. »General Pendleton, wie es scheint, haben Sie doch die richtige Wahl getroffen. Offenbar kann sie sich sehr gut behaupten.«

Pendleton nickte knapp. »Genet hat das Mädchen praktisch vom Kleinkindalter an zu seiner Nachfolgerin herangezogen, Mr. Schukov.«

Die beiden anderen Personen im Raum waren chinesischer Abstammung. Ein Mann um die dreißig, recht dünn, die Haare zurückgegelt, und eine Frau, etwas älter als Ms. North, mit schulterlangen schwarzen Haaren, durchwirkt von grauen Strähnen. Bisher hatten sie geschwiegen, doch jetzt meldete sich die Frau in klarem, britisch eingefärbtem Englisch zu Wort.

»Nach Erkenntnissen unserer Dienste hat sich die Tochter seit ihrem sechsten Lebensjahr aktiv an Genets kriminellen Aktivitäten beteiligt. Bereits mit zwölf übernahm sie bei kleineren Operationen erfolgreich die Führung. Eine durchaus … *beeindruckende* Leistung, aber wie sollen wir uns sicher sein, dass wir ihr trauen können?«

Pendleton zuckte mit den Schultern. »Tut das etwas zur Sache, Ms. Wang? Solange sie ihn zum Reden bringt, erfüllt sie ihren Zweck. Und danach schicken wir sie wie vereinbart zurück in die Besserungsanstalt, wo sie unser *aller* Ansicht nach am besten aufgehoben ist.«

»Hmm.« Ms. Wangs Gesichtsausdruck nach zu urteilen, hatte sie dieser Vereinbarung zwar widerwillig zugestimmt, war in Wirklichkeit aber völlig anderer Ansicht. Ihr Kollege beugte sich zu ihr und flüsterte ihr etwas ins Ohr. Sie nickte, sagte aber nichts.

Ada konnte es nicht ausstehen, wenn man über sie redete, als wäre sie nicht anwesend. Sobald Pendleton sich wieder an sie wandte, ließ sie ihn das mit einem Blick spüren. Aber entweder bekam er nichts davon mit oder es kümmerte ihn wenig.

»Der *Hacker's Key*«, sagte er. »Haben Sie schon mal davon gehört, Miss Genet?«

Sie schüttelte den Kopf.

»Es handelt sich um ein brandgefährliches … wie soll ich sagen … Krypto-Werkzeug. Bis vor Kurzem wurde dieser sogenannte ›Schlüssel‹ von den Vereinten Nationen in einer streng geheimen Einrichtung vor der isländischen Küste verwahrt, abgeschirmt von verschiedenen Sicherheitssystemen auf dem neuesten Stand der Technik.«

»Im Gegensatz zu dem Museum hier, meinen Sie?«, erwiderte Ada.

Schukov schnaubte, eine Hand vor dem Mund, als müsste er sich ein Lachen verkneifen.

Pendleton wirkte nicht ganz so amüsiert. »Wir sind *alle* fest davon ausgegangen, dass es nicht möglich ist, in die Anlage einzudringen.« Für einige Sekunden blickte er herausfordernd in die Runde. Niemand wagte es, ihm zu widersprechen, und selbst Schukov schaute leicht betreten drein. Pendleton wandte sich erneut an Ada. »Und trotzdem wurde der Schlüssel gestern von einer bisher nicht identifizierten Person – oder von mehreren – entwendet. Unser bisher einziger Hinweis ist ein altes Videospiel-Modul, das am Tatort zurückgelassen wurde. Darauf findet sich der handschriftliche, mit wasserfestem Stift verfasste Vermerk: ›Für Remy‹.«

»Welches Spiel?«, fragte Ada.

Pendleton sah sie irritiert an, als wäre der Titel des Spiels nun wirklich Nebensache. »Es handelt sich um …«

»*Metroid* von Nintendo aus dem Jahr 1986«, schnitt Ms. Wang ihm das Wort ab. »Wieso? Können Sie damit etwas anfangen?«

Ada zuckte die Achseln. »Das ist das Lieblingsspiel meines Vaters. Keine Ahnung, wer es da hingelegt hat, aber er oder sie kennt ihn anscheinend ziemlich gut.«

»Verstehe …« Pendleton warf Ms. North einen Blick zu, den Ada nicht deuten konnte. »Wie auch immer. Aufgrund des hochbrisanten Diebesguts und der Tatsache, dass dieser scheinbar undurchführbare Raubzug ganz nach dem Geschmack Ihres Vaters gewesen wäre, gehen wir davon aus, dass mit dem ›Remy‹ auf dem

Videospiel-Modul nur er gemeint sein kann. Er muss also irgendwie in die ganze Angelegenheit verwickelt sein.«

»Oder es könnte eine falsche Fährte sein«, sagte Ada. »Ich meine, wieso sollte der Dieb eine Spur legen, die wirklich zu ihm führt?«

Pendleton nickte. »Das war auch unser erster Gedanke. Trotzdem hielten wir es für sinnvoll, Ihren Vater zu vernehmen, da wir ihn nun schon in Gewahrsam haben. Zumal er im Allgemeinen eine wahre Plaudertasche ist. Soll heißen, er redet und redet. Doch als wir ihn auf den Hacker's Key ansprachen und ihm das Videospiel zeigten, blieb er stumm wie ein Fisch. Und da dachten wir uns, an der Geschichte könnte vielleicht doch mehr dran sein.«

»Aber Sie haben nichts Handfestes«, entgegnete Ada. »Ich soll für Sie im Trüben fischen.«

Diese Zusammenfassung schmeckte Pendleton offenbar gar nicht. Nur widerwillig nickte er. »Wenn man so will – ja.«

»Was kann man mit diesem ›Schlüssel‹ genau anstellen?«

»Zu dieser Information hat nur Zugang, wer zwingend Zugang haben muss«, erwiderte Ms. Wang.

»So ist es. Und für Ihre Aufgabe dürfte das nicht unmittelbar von Belang sein, Miss Genet«, ergänzte Pendleton. »Also, wie sieht es aus? Sind Sie bereit, eine erste Wiedergutmachung für Ihre Verfehlungen zu leisten?«

Ada sah Ms. North an. »Unsere Vereinbarung steht?«

Ms. North nickte.

»Welche Vereinbarung?«, fragte Pendleton.

»Das dürfte für Ihre Aufgabe nicht unmittelbar von Belang sein, General Pendleton«, erklärte Ada ihm, was Schukov mit einem weiteren Kichern quittierte.

»Es tut mir ausgesprochen leid, Ihnen nichts Genaueres über den

Schlüssel sagen zu können.« Pendleton sah alles andere als untröstlich aus. »Aber glauben Sie mir: Es stehen etliche Leben auf dem Spiel. Also achten Sie darauf, dass Ihr Vater das Gespräch nicht an sich reißt. Holen Sie irgendetwas aus ihm heraus, womit sich etwas anfangen lässt.«

»Aus meinem Vater kann man nichts herausholen, was er einem nicht freiwillig gibt. Aber ich werde es versuchen.«

Ms. North hielt Ada die Tür zum Flur auf. »Hier entlang, Miss Genet.«

Auf dem Weg spürte Ada eine leichte Berührung an der Schulter. Es war Schukov. »Zu schade, dass Sie die Beherrschung verloren und so schnell so viel preisgegeben haben«, sagte er auf Russisch. »Wer weiß, was Sie alles in Erfahrung gebracht hätten, wenn Sie so schlau gewesen wären, nicht mit Ihrem Wissen zu protzen.«

Ein paar Sekunden lang starrte Ada ihn an, und das Blut schoss ihr in die Wangen. Er hatte natürlich recht. Hätte sie so getan, als wäre sie ein bisschen schwer von Begriff, hätte sie zweifellos an eine Menge nützlicher Informationen gelangen können. Ihr Vater wäre enttäuscht, dass sie so unbeherrscht gewesen war.

Mit hängenden Schultern folgte sie Ms. North durch den Flur bis zu einem Aufzug. Sobald sich die Tür geschlossen und die Kabine die Fahrt nach oben angetreten hatte, stellte sie Ms. North die Frage, die ihr seit ihrer Ankunft im Gefängnis im Kopf herumging.

»Arbeiten alle Springfield-Mentoren als Agenten für die Behörden?«

Ms. North seufzte. »Wäre Pendleton in dieser Sache doch etwas diskreter gewesen …«

Ada ließ nicht locker. »Und? Ist es so?«

»Nur die Senior-Mentoren.«

»Während die Junior-Mentoren erst noch zu Agenten ausgebildet werden?«

»Einige von ihnen, ja«, räumte Ms. North ein.

»Sagen Sie mal – was ist die Springfield Military Reform School eigentlich?«

»Ja, was«, entgegnete Ms. North, und ihr Ton ließ keinen Zweifel daran, dass die Fragestunde beendet war.

Gute Vorbereitung ist der Generalschlüssel zur Welt

Der Raum wurde von einer Plexiglasscheibe in zwei Hälften geteilt. Auf der einen Seite standen ein paar Plastikstühle für Besucher, auf der anderen befand sich die Zelle von Adas Vater. Darin war gerade genügend Platz für ein Bett und eine Toilette.

Adas Vater hatte das Buch beiseitegelegt. Er hockte auf der äußeren Kante seiner Liege, die Augen fest auf Ada geheftet, die jetzt den Raum betrat, gefolgt von Ms. North.

»Ah, *ma petite chou*«, sagte er. »Wie groß du in diesem einen Jahr geworden bist. Wunderschön!« Er sprach Englisch mit einem leichten französischen Akzent, den er jederzeit ablegen konnte, meistens aber bewusst beibehielt.

Ada setzte sich auf einen Stuhl und musterte ihn. »Papa, du musst mehr essen.«

Er zuckte mit den Schultern. »Was einem hier vorgesetzt wird … Als ›Essen‹ würde ich das nicht unbedingt bezeichnen.«

Mit einem unterkühlten Lächeln begrüßte er Ms. North. So schaute er nur Leute an, die er nicht leiden konnte.

»Entschuldigung, Madame, aber wenn ich mich recht entsinne, habe ich diesem Gespräch nur unter einer Bedingung zugestimmt, und zwar, dass meine Tochter und ich *allein* gelassen werden, *s'il vous plaît*.«

Ms. Norths Gesichtszüge verhärteten sich. »Um das Mädchen nicht zu gefährden, kann ich sie nicht guten Gewissens …«

Links oben in der Ecke des Raums erwachte ein Lautsprecher knisternd zum Leben.

»Gehen Sie darauf ein, Agent North«, meldete sich Pendletons tiefe Stimme. »Das ist ein Befehl.«

Ms. North blickte Adas Vater entrüstet an. »Sie wissen doch, dass sowieso alle zuschauen.«

Adas Vater nickte. »Trotzdem wird so zumindest etwas Privatsphäre vorgetäuscht. Immer noch besser als nichts.«

Diese Antwort wunderte Ada sehr. Normalerweise lehnte ihr Vater jede Form von Selbstbetrug ab und urteilte hart über alle, die dazu neigten. Es war derart untypisch für ihn, dass sie sich fragte, ob er womöglich etwas im Schilde führte. Aber was könnte das sein?

Immer noch merklich verärgert, wandte sich Ms. North an Ada. »Ich warte vor der Tür. Wenn Sie eine Pause brauchen oder abbrechen wollen, klopfen Sie einfach kurz und ich öffne Ihnen sofort.«

Damit drehte sie sich auf dem Absatz um und schloss die Tür mit einem scharfen Ruck hinter sich.

»Wir können wohl davon ausgehen, dass sie von außen abschließt«, meinte Adas Vater in lockerem Ton.

»Denke ich auch, Papa.«

Wie merkwürdig es war, plötzlich ihrem Vater gegenüberzusitzen. Ada hatte sich so lange danach gesehnt, ihn wiederzusehen. Ihm zu erzählen, wie schrecklich es an der Schule war. Wie langweilig die meisten Lehrer waren und wie dumm die meisten Mitschüler. Was für einen Hass sie auf den ganzen Mist hatte und wie sehr sie sich wünschte, dass er und sie wieder weitermachen könnten wie früher. Einfach durch die Welt streifen, wie sie wollten! Hinter jeder Ecke hatte ein neues Abenteuer gewartet, eine neue Gelegenheit, den Cops ein Schnippchen zu schlagen. Doch jetzt blickte sie ihrem Vater in die grünen Augen und erkannte, dass sie gar nichts zu sagen brauchte. Er verstand das alles auch so, und es ging ihm wie ihr.

In seiner Stimme schwang Kummer mit, aber er lächelte tapfer. »Es kann sein, dass ich für immer hierbleiben muss, *chérie*.«

»Sag doch nicht so was, Papa. Wenn du mit den Leuten da zusammenarbeitest und ihnen erklärst, wie sie an dieses Schlüsseldings herankommen, springt vielleicht eine Haftverkürzung raus.«

Adas Vater lehnte sich auf der Liege zurück, die Augen geschlossen. »Ja, schon möglich ...« Seine Lider gingen wieder auf, und er sah Ada mit dem ihr so vertrauten schelmischen Blick an, genau wie früher. »Aber ich hätte eine bessere Idee.«

»Echt? Was?«, fragte Ada ungeduldig.

»Eeeeecht? Waaas?«, übertrieb er ihre gedehnte, amerikanische Sprechweise. »Du lebst schon zu lange in diesem Land, *chérie*.«

»Ich habe mich angepasst. Wie ich es von dir gelernt habe«, erwiderte sie kühl.

»Aber natürlich. Natürlich.« Er verschränkte die Hände hinter dem Kopf, als würde er sich mehr und mehr entspannen. »Und, hast du schon Freunde gefunden?«

»Ja, habe ich.« Streng genommen hatte Ada nur Jace, aber der war mindestens so viel wert wie fünf Normalos.

Ihr Vater nickte. »*Bien*. Aber du lernst an dieser Schule auch etwas? Und du kommst gut mit deinen Lehrern zurecht?«

»Es geht.«

Darüber musste ihr Vater kurz lächeln. So als wüsste er oder könnte es sich zumindest denken, dass sie ganz kurz davor war, mit niemandem mehr zurechtzukommen.

Eigentlich passten diese Allerweltsfragen aber überhaupt nicht zu ihm. Was hatte er vor?

Da machte Adas Vater ein ernstes Gesicht. »*Chérie*, weißt du noch, warum mir *Metroid* so am Herzen liegt?«

Ada sah ihn fragend an. Sollte das ein stummer Hinweis auf den Hacker's Key sein? Sicher war sie sich nicht.

»Weil es das allererste Plattformspiel gewesen ist, das sich um die Erkundung einer weitläufigen, offenen Welt dreht?«

Ihr Vater ließ ein schiefes Lächeln aufblitzen. »Aus diesem Grund war *Metroid* wichtig für die Entwicklung der Videospiele allgemein, *ma petite chou*, aber ich persönlich halte es nicht deswegen für bedeutsam. Vergiss nicht, dass es in den Videospielen meiner Kindheit, also der Achtzigerjahre, nur eine Art von Frauen gab, nämlich Prinzessinnen in Not. Es war jedes Mal dasselbe. Weil ich es nicht besser gewusst habe, dachte ich mir nichts dabei. Auch als ich *Metroid* zum ersten Mal spielte, war mir erst gar nicht bewusst, dass Samus Aran eine Frau ist. Immerhin trug sie einen Helm, und da es auch sonst keine Hinweise auf ihr Geschlecht gab, ging ich selbstverständlich davon aus, dass sie ein Mann war. Erst nach wochenlangem Spielen, nachdem ich endlich über die Endgegnerin und Oberschurkin Mother Brain triumphiert hatte, nahm Samus ihren Helm ab, und ich musste zu meiner großen Überraschung feststellen, dass ich auf meiner galaktischen Rettungsmission die ganze Zeit als Mädchen unterwegs gewesen war!« Er lachte leise. »*Ma chérie*, du kannst dir nicht vorstellen, was für eine Erleuchtung das für mich war. Wie … *bedeutsam* es mir schon damals erschien.«

Ein paar Sekunden lang sah er Ada stumm an. Mit undurchschaubarem, aber entschlossen funkelndem Blick.

»Und wie bedeutsam es mir genau jetzt erscheint.«

Ihr Vater wollte ihr etwas mitteilen, davon war Ada überzeugt. Wenn sie doch nur wüsste, was es war.

»Papa, unterhalten wir uns jetzt endlich mal über diesen Hacker's Key?«

»Über den Root Key?« Auf einmal wirkte er zutiefst gelangweilt. »Das ist eine sehr alte Geschichte. Eine sehr öde noch dazu. Sag mal, erinnerst du dich noch an diese amerikanischen Talkshows, in denen der Moderator immer mitten in der Sendung verkündet hat, dass ein paar Glückspilze im Publikum etwas ganz Besonderes unter ihrem Sitzplatz finden würden?« Er schloss erneut die Augen und lächelte in sich hinein. »Wie überrascht die Leute immer waren! Ich frage mich, warum kein Mensch auf die Idee gekommen ist, gleich unter seinem Stuhl nachzusehen …«

Unter Adas Stuhl war also etwas versteckt. So viel war klar. Sie rief sich den Livestream auf dem Laptop der Agenten in Erinnerung – im Bildausschnitt waren die Plastikstühle nicht zu sehen gewesen. Daher konnten ihre Überwacher zwar bestimmt ihre Stimme hören, die Kamera erfasste aber nur die andere Hälfte des Raums.

»Ja, Papa, diese Sendungen haben wir immer total gerne geschaut.«

Das war eine glatte Lüge. Doch Ada musste die Agenten glauben machen, sie und ihr Vater würden sich bloß locker unterhalten. Zugleich lehnte sie sich zur Seite und fasste tastend unter ihren Stuhl. Unter der Sitzfläche stieß sie auf ein kleines Leinenetui, befestigt mit Klebeband, und das Pochen ihres Herzens beschleunigte sich.

Nicht einmal die Kletterpartie an der Schulfassade hatte es derart auf Trab gebracht. War das der Beginn eines neuen Abenteuers? Aber was für eines?

»Weißt du noch, die eine Folge, wo die Glückspilze alle einen Autoschlüssel gefunden haben?«, fragte ihr Vater. »Das fand ich am tollsten. Aber du wärst ja heute immer noch zu jung, um so ein Geschenk zu schätzen zu wissen.«

Während ihr Vater weiter über Talkshows, Autos und Gefahren durch Teenager am Steuer plauderte, um Pendleton und sein Gefolge in Sicherheit zu wiegen, pulte Ada behutsam das Leinenetui von der Unterseite der Sitzfläche, ganz langsam, damit das Klebeband beim Ablösen bloß keine Geräusche verursachte. In dem Etui fand sie ein klappbares Multifunktionswerkzeug und ein kleines, selbst gebasteltes elektronisches Gerät. Sie erkannte sofort, dass es sich um einen WLAN-Störsender handelte.

Ada starrte auf den Störsender in ihrer Hand, ein schwarzes Plastikrechteck mit einem einzigen Knopf. WLAN-Netzwerke funkten immer auf einer von zwei Frequenzen, entweder auf 2,4 oder auf 5 GHz. 5 GHz war zwar schneller, hatte dafür aber eine geringere Reichweite und konnte keine dicken Wände durchdringen. Da der Laptop, auf dem die Agenten einige Stockwerke tiefer das Geschehen verfolgten, nicht an ein Kabel angeschlossen gewesen war, musste der Livestream drahtlos übertragen werden. Und die massiven Gefängnismauern könnte nur ein WLAN-Signal auf der 2,4-GHz-Frequenz überwinden.

Allerdings hatte dieses Frequenzband auch einen Nachteil: Darauf schwirrten viele Funkwellen unterschiedlichster Geräte herum, etwa von Babyfonen, kabellosen Festnetztelefonen und sogar von Mikrowellen. Früher, als noch alle WLAN-fähigen Geräte

2,4 GHz nutzten, konnte es einem also leicht passieren, dass die schlecht isolierte Mikrowelle auf demselben Kanal unterwegs war wie der WLAN-Router und dass daher jedes Mal, wenn man sich die Reste vom Vortag warmmachte, seltsamerweise die Internetverbindung in die Knie ging.

Diese Schwachstelle machten sich WLAN-Störsender zunutze. Mithilfe einer speziellen Technik feuerten sie auf allen WLAN-Kanälen der 2,4-GHz-Frequenz massenweise Störsignale ab und ließen dadurch für kurze Zeit im näheren Umkreis sämtliche WLAN-Signale auf dieser Frequenz zusammenbrechen. Auch solche Signale, wie sie die Agenten unten zur Überwachung der Zelle von Adas Vater nutzten.

Den Störsender fest in der Hand, schob Ada ihren Daumen auf den Knopf. Als sie ihren Vater anblickte, bemerkte sie das ungeduldige Blitzen in seinen Augen.

»Papa, wirst du mich denn ans Steuer lassen, wenn ich so weit bin?« Natürlich stellte sie ihm in Wirklichkeit eine andere Frage – sie war auf sein Spiel eingegangen.

Ihr Vater reagierte mit einem gelassenen Schulterzucken. »Ich bin so weit, wenn du so weit bist, *ma petite chou*.«

Ada drückte den Knopf.

Überleg dir immer vorher, wie du wieder rauskommst

»Okay, *chérie*, wir haben nur wenig Zeit, also hör mir gut zu.«

Adas Vater war aufgesprungen. Seine demonstrative Lockerheit war wie weggeblasen. »Du entfernst jetzt die Abdeckung vom Lüftungsschacht, und ich erzähle dir dabei, wie es weitergeht.«

Ohne zu zögern, legte Ada los, es war genau wie in alten Zeiten. Sie stellte einen Stuhl auf den anderen, bis sie an den Lüftungsschacht herankam, der oben an der Wand knapp unter der Decke lag. Sie klappte das Multifunktionswerkzeug auf, wählte den passenden Schraubenzieher aus, setzte ihn an die erste Schraube des Gitters und machte sich an die Arbeit.

»Wie holen wir dich da raus, Papa?«

Ihr Vater lachte. »Oh, das ist ein Missverständnis, *chérie*. Nicht ich werde ausbrechen, sondern *du*.«

Ada ließ das Werkzeug sinken und blickte auf ihn hinab. »Was?«

Er wedelte ungeduldig mit der Hand. »Mach weiter. In ein paar Minuten werden sie entweder das WLAN repariert haben oder zur Tür hereinstürmen, um nach dem Rechten zu sehen. In beiden Fällen solltest du nicht mehr hier sein.«

»Aber warum, Papa?« Sie drehte sich wieder zum Lüftungsgitter. »Was soll ich tun, wenn ich hier raus bin?«

»Du wirst den Root Key aufspüren. Vor allen anderen.«

»Ohne dich?!«

Er seufzte ungeduldig. »Ja, natürlich! Das will ich dir doch die ganze Zeit erklären, meine liebe Samus. Dass du mich nicht mehr brauchst. Dass du so weit bist, deine erste eigene Mission anzutreten.«

»Aber …«

»Schhh. Mach weiter, dann sage ich dir alles, was es im Moment zu sagen gibt. Durch die Lüftungsanlage gelangst du ins Erdgeschoss. Unten wartet Pascale mit dem Wagen.«

»Pascale?« Na klar. Jetzt wusste Ada wieder, warum sie der fehlende kleine Finger an der linken Hand des Fahrers stutzig gemacht hatte. Pascale, ein alter Freund ihres Vaters, hatte ebendiesen Finger verloren. Trotzdem runzelte sie die Stirn. »Aber Papa, der Typ sah gar nicht aus wie …«

»Ja, ja. Wir haben ihm eine Gesichtsprothese spendiert, und er hat sich sogar den Schädel rasiert. Für den Ausbruch meines Töchterleins haben wir keine Mühen gescheut. Jetzt hör gut zu. Pascale wird dir einen Pass und etwas Geld geben und dich in Baltimore absetzen. In der Stadt machst du dich auf den Weg zur Cairnes Lane hinter der Buchhandlung in Hampden, dort ist ein Safe House von uns, wo du sicher unterkommen kannst. Du erinnerst dich doch an unser Türcodesystem?«

»Klar, Papa.« Ada hob das Gitter vom Lüftungsschacht und legte es auf den Boden, ganz langsam und leise, damit Ms. North draußen auf dem Flur keinen Verdacht schöpfte.

»*Très bien.* Im Safe House wirst du alles finden, was du brauchst, um dem Dieb auf die Spur zu kommen.«

»Aber was soll ich denn mit diesem komischen Schlüssel machen, wenn ich …«

»Dafür ist jetzt keine Zeit, *ma petite chou*. Du bist nun ein großes Mädchen. Das wirst du dir selbst zusammenreimen müssen.«

»Aber …«

»Und das Wichtigste …« Adas Vater kniff die Augen zusammen. »Die Macht der Familie darf man niemals unterschätzen, meine liebe Mademoiselle Genet.«

Ada hatte keine Ahnung, was er ihr damit sagen wollte, aber es schien wichtig zu sein. »J… ja, Papa.«

»Und jetzt geh schnell! *Va vite!*«

Sie setzte einen Fuß auf die oberste Stuhllehne, um sich von dort aus in den Schacht zu stemmen. Und zögerte. Sie sollte sich wirklich schon wieder von ihrem Vater verabschieden? Ohne zu wissen, wann sie ihn wiedersehen würde?

»Ist kein gutes Gefühl, dich einfach hier sitzen zu lassen«, sagte Ada.

Ihr Vater lächelte amüsiert. »Das will ich hoffen. Aber wenn du jetzt nicht gehst, war meine ganze harte Arbeit umsonst.«

»Je t'aime, papa.«

»Und ich liebe dich auch, *ma petite chouchou*.«

Im nächsten Moment stieß Ada sich von der Lehne ab und kroch in den Lüftungsschacht hinein. Mit den Agenten, die vermutlich sehr bald wutschnaubend zur Tür hereinstürmen würden, musste ihr Vater allein fertigwerden.

Hab Vertrauen in dich selbst. Und in deine Partner

Samus Aran, die galaktische Kopfgeldjägerin aus den *Metroid*-Spielen, konnte sich dank ihrer todschicken Exoskelett-Rüstung in einen sogenannten Morphball verwandeln und mühelos durch enge Durchgänge und schmale Tunnel kullern. Als Ada durch den Lüftungsschacht robbte, wünschte sie nicht zum ersten Mal in ihrem Leben, sich ebenfalls zu einer kompakten Kugel zusammenrollen zu können.

In Lüftungsschächten herumzukriechen fand Ada schon immer unangenehm. Die Dunkelheit, die heiße und stickige Luft, das metallische Keuchen der eigenen Atemzüge, dass man sich weder umdrehen noch in irgendeine Richtung ausweichen konnte … Und außerdem bestand natürlich immer die Gefahr, dass einem irgendwo Spinnen auflauerten. Angetrieben von einem unguten Gefühl im Bauch, schob Ada sich immer schneller vorwärts, bis sie sich schließlich zwingen musste, die staubige Luft kontrolliert einzusaugen und auszustoßen, um ihre hektische Atmung wieder in den Griff zu bekommen. Zur Ablenkung überlegte sie, wieso ihr Vater sie wohl auf die Jagd nach diesem Schlüssel schickte. Sollte das eine Art Prüfung sein? So etwas wie ein Initiationsritus? Aber selbst wenn sie an den Schlüssel herankam, was sollte sie damit anstellen? Sie wusste ja nicht mal, wozu das blöde Teil gut war. Also sollte sie sich zunächst genau darüber schlaumachen.

Dazu müsste sie aber erst mal heil aus dem Gefängnis entkommen.

Obwohl sie keinen Spaß daran hatte, in solchen Schächten herumzukrabbeln, war Ada schon in einigen unterwegs gewesen. Ihr war also bekannt, dass alle Lüftungssysteme ähnlich aufgebaut waren, trotz der Dunkelheit fand sie daher recht schnell hinunter ins Erdgeschoss. Dort arbeitete sie sich durch das Netz der Schächte zu einem Gitter in der Nähe des Seiteneingangs vor, an dem Pascale auf sie wartete. Hoffentlich.

Ada verrenkte sich in der Röhre, bis sie erfolgreich das Multifunktionswerkzeug aus der Jackentasche gefummelt hatte. Doch bevor sie damit das Gitter lockern konnte, wurde sie auf ein Geräusch aufmerksam. Unter ihr öffnete sich eine Tür, und kurz darauf ertönten eilige Schritte.

»Vielleicht liegt bloß eine technische Störung vor«, hörte sie Schukov spekulieren.

»Ich sag's Ihnen, dieser verschlagene Franzose plant mal wieder irgendetwas …«, erwiderte Pendleton. Mit den Schritten verklang auch seine Stimme.

In wenigen Minuten würden sie die obere Etage erreicht haben und feststellen, dass Ada verschwunden war. Für stilles, heimliches Vorgehen blieb keine Zeit mehr, jetzt war Tempo gefragt. Ada wartete ab, bis unter ihr alle im Aufzug verschwunden sein sollten, und stieß dann beide Füße gegen das Lüftungsgitter. Es landete klirrend auf dem Boden. Schwungvoll ließ sie sich in den Flur hinabfallen.

Dann wandte sie sich zuversichtlich Richtung Ausgang, wo allerdings jede Spur von Pascale fehlte. Stattdessen war dort ein Weißer postiert, und der sah nicht besonders freundlich aus.

»Du da! Keine Bewegung!«

Ada hatte einen liebevollen, stets um seine Tochter besorgten Vater, der bis vor Kurzem ein äußerst gefährliches Leben geführt hatte. Nicht zuletzt, damit er selbst ruhig schlafen konnte, hatte er darauf bestanden, dass sein Schatz bereits mit fünf Jahren regelmäßig von weltweit geschätzten Nahkampfexperten trainiert worden war.

»Auf die Knie und die Hände hinter den Kopf!«, brüllte der Wachmann, während er nach dem Pistolenhalfter unter seiner Jacke griff.

»Muss nicht sein«, erwiderte Ada und sprintete direkt auf ihn zu.

Offenbar hatte der Wachmann nicht damit gerechnet, dass das Mädchen kurzerhand zum Angriff übergehen würde, und so bekam er seine Waffe erst beim zweiten Versuch richtig zu fassen. Mehr Zeit brauchte Ada nicht.

Sie sprang ab und schlug einen Vorwärtssalto. Als ihre Füße wieder nach unten rauschten, schlug sie ihrem Gegner mit der linken Ferse die Pistole aus der Hand. Immer noch in der Luft, riss sie ihren Oberkörper herum und rammte ihm das rechte Knie mit Schwung gegen die Schläfe. Er stolperte zurück. Zeitgleich landete Ada auf allen vieren hinter ihm und zog ihm mit einem Fußfeger blitzschnell die Beine unter dem Körper weg. Sein Schädel knallte so laut auf den Boden, dass sie zusammenzuckte. Sie hoffte, dass er nicht zu schwer verletzt war. Zum Nachsehen war allerdings keine Zeit.

Ada schnappte sich die Ausweiskarte vom Gürtel des Wachmanns und hielt sie vor das Lesegerät an der Tür. Das Schloss entriegelte sich. Sie ließ die Karte fallen und rannte hinaus.

Die schwarzen SUVs standen immer noch in Reih und Glied auf dem Hof, und neben einem von ihnen kniete der Fahrer von der Hinfahrt und ließ die Luft aus den Reifen.

»Pascale?«, fragte Ada zweifelnd.

Er blickte zu ihr hinüber – und grinste von einem Ohr bis zum anderen.

»Ha! Du hattest keine Ahnung, wer ich bin!«, rief Pascale in seinem melodischen, haitianisch angehauchten Englisch, ehe er sich die falsche Nase und das falsche Kinn vom Gesicht riss. An den Nahtstellen haftete noch etwas Hautkleber, aber ansonsten sah er wieder aus wie der Pascale von früher.

»Du bist es wirklich!«

»Wer sonst? Komm, *chérie*, fahren wir.«

Eilig liefen sie zu ihrem Wagen, diesmal nahm Ada aber auf dem Beifahrersitz Platz. Als Pascale gerade den Motor anließ, heulte eine Sirene auf.

»Wird Zeit«, murmelte er und drückte aufs Gas.

Das Stahltor war noch geschlossen – ein Problem jagte das andere. Doch deswegen verlor Ada noch lange nicht den Mut. Im Gegenteil. Sie spürte das Pochen ihres Pulsschlags. Nach Monaten der erzwungenen Langeweile startete sie endlich wieder in ein richtiges Abenteuer.

»Festhalten«, sagte Pascale und fuhr einen engen Halbkreis, um Platz zum Beschleunigen zu gewinnen.

Auf dem Hinweg hatte Ada das Tor genau inspiziert und wusste deshalb, dass die Angeln mit mehreren Zentimeter dicken Stahlbolzen gesichert waren. Ausgehend von der durchschnittlichen Zugfestigkeit eines in Massenproduktion hergestellten Bolzens und dem zweiten Newtonschen Gesetz zufolge, dass Kraft gleich Masse mal Beschleunigung ist, müsste der rund zwei Tonnen schwere SUV mit circa sieben Metern pro Sekunde zum Quadrat beschleunigen, um so viel Wucht zu generieren, dass er die Angeln zertrümmern und das Tor herausschlagen könnte. Er müsste also ungefähr so rasant Geschwindigkeit aufnehmen wie ein Ferrari. Und dass der dicke SUV einen solchen Antritt hatte, daran hegte Ada starke Zweifel.

»Warte! Das klappt nie im …«

»Hast du kein Vertrauen zu mir?«

Hilflos musste Ada zusehen, wie Pascale mit einem irren Lachen das Gaspedal durchtrat und den SUV geradewegs auf das Tor zusteuerte. Sie wappnete sich, krallte sich so fest an den Haltegriff über dem Fenster, dass ihre Fingerknöchel weiß anliefen. Sie gestattete sich aber nicht, die Augen zu schließen. *Niemals den Blick von der Gefahr abwenden*, sagte ihr Vater immer.

Das Tor flog aus den Angeln, als wäre es aus Billigplastik. Ada wandte sich verblüfft zu Pascale um.

Er grinste immer noch. »Während du da drinnen mit deinem Papa geplaudert hast, habe ich ein wenig Salpetersäure auf die Angeln aufgetragen. Nur so viel, dass das Metall geschwächt wurde, aber nicht völlig zerstört. Und wie du gesehen hast, habe ich danach selbstverständlich noch die Luft aus den Reifen aller anderen Fahrzeuge gelassen. Fürs Erste sollten wir vor Verfolgern sicher sein.«

Ada seufzte, und ihr Puls beruhigte sich allmählich wieder. »Tut mir leid, Pascale. Ich hätte nicht an dir zweifeln sollen.«

Er zuckte mit den Schultern. »Du hast ein Weilchen auf der Ersatzbank gesessen. Ich lass es dir noch mal durchgehen.«

Eine halbe Stunde lang rasten sie den ruhigen Highway entlang, vor Adas Fenster zischten bescheidene Farmen und leere Felder vorüber. Kein gutes Versteck weit und breit, jedenfalls nicht für einen dicken SUV mit Behördenkennzeichen. Und früher oder später würden die Gesetzeshüter doch noch aufholen. Was dann?

Wieder einmal hatte sie Pascale unterschätzt. Ein paar Minuten später bog er in eine Schotterstraße ein, die zwischen Bäumen hindurch zu einem alten Farmhaus mit einer Scheune führte. In diese fuhr Pascale hinein und hielt vor einem klapprigen grauen Dreitürer mit Nummernschildern aus Virginia. Neben dem Auto wartete ein Mann im Karohemd und mit kurzem rotem Haar. Pascale drückte ihm ein Bündel Scheine in die Hand und stieg mit Ada in den kleineren Wagen.

Als sie über die Schotterstraße zurück zum Highway holperten, winkte ihnen der Mann fröhlich nach. Und weil es sich so gehörte, kurbelte Ada ihr Fenster herunter und winkte zurück. Ihr Vater hatte ihr eingeschärft, dass man sich auch als Gesetzlose ruhig gut benehmen durfte.

»Uff«, seufzte Pascale. »Jetzt sollten wir ein wenig Luft zum Atmen haben.« Er lächelte Ada an. »Willkommen zurück in der echten Welt, *chérie*. Hast uns gefehlt.«

Ada ließ sich in den Autositz sinken, den Blick auf die lange, leere Straße gerichtet. »Tut das gut. Endlich frei.«

»Dann ab nach Baltimore«, meinte Pascale.

Sie schüttelte den Kopf. »Später. Vorher muss ich noch mal zurück zur Schule.«

Seine Augen weiteten sich. »Ich will hoffen, es ist was Wichtiges.«

»Es ist kein *es*, sondern ein *jemand*«, erwiderte Ada. »Wenn ich einen ›Hacker's Key‹ ausfindig machen soll, muss ich mich zuallererst mal mit einem Hacker unterhalten.«

Kenne deine Grenzen

Der Sender, den Ada von Jace bekommen hatte, funkte auf nur 300 kHz und hatte eine Reichweite von ungefähr einem Kilometer. Glücklicherweise lag gleich gegenüber der Schule auf der anderen Seite der Straße ein Bürokomplex mit großem Parkplatz. Kaum hatten Pascale und sie dort gehalten, übermittelte Ada eine Nachricht in Morsecode und wiederholte diese stündlich. Sie bat Jace, um Mitternacht zu einem Treffen auf dem Schuldach zu kommen. Streng genommen durfte man es zwar nicht betreten, aber die Tür hinaus aufs Dach war nicht einmal abgeschlossen, und im vergangenen Jahr hatten Jace und sie sich häufig dort hingeschlichen. Manchmal brauchten sie einfach eine Auszeit von der drückenden Atmosphäre der Schule, der man im Inneren nirgendwo entkommen konnte.

Die Wartezeit bis Mitternacht nutzte Ada dazu, die kleine Reisetasche durchzusehen, die Pascale für sie aus dem Kofferraum geholt hatte. Darin fand sie frische Kleidung, alles in gedeckten Farben gehalten – sehr praktisch, um sich später im Schutz der Dunkelheit aufs Schulgelände zu schleichen. Außerdem stieß sie auf einen Umschlag mit Bargeld und einen gefälschten Pass, ausgestellt auf den Namen »Amy Shaftoe«. So hieß eine Figur aus *Cryptonomicon* von Neal Stephenson, einem weiteren Lieblingsroman ihres Vaters.

»*Drôle*, Papa«, murmelte Ada, während sie den Pass zurück in die Reisetasche stopfte. »Sehr witzig.« Sie war nicht besonders scharf darauf, sich vor einem Grenzbeamten als »Miss Shaftoe« ausgeben zu müssen, und sie hatte den leisen Verdacht, dass ihr Vater das ganz genau wusste.

Um 23:30 Uhr ließ sie Pascale allein im Wagen zurück und lief hinüber zur Schule. Auch wenn man sich dort fühlte wie im Knast, war die Springfield Military Reform School offiziell keine Haftanstalt und daher weder durch Mauern noch durch Stacheldrahtzäune gesichert. Die größte Gefahr ging von den Sicherheitsleuten aus, die regelmäßig mit wachsamem Blick über das Gelände patrouillierten.

Doch es war mitten in der Nacht, nur eine schmale Mondsichel spendete den Wachen ein wenig Licht, und Ada trug inzwischen eine schwarze Jeans, schwarze Turnschuhe, fingerlose schwarze Kletterhandschuhe und einen dunkelgrauen Kapuzenpulli. Sobald sie die Kapuze über ihr goldfarbenes Haar gezogen hatte, verschmolz sie fast vollständig mit der Dunkelheit. Trotzdem blieb sie so weit wie möglich in Deckung, schlich hinter geparkten Autos bis zum Briefkasten und huschte dann an der akkurat gestutzten Hecke am Rand des Schulgebäudes entlang.

Da sie immer noch rätselte, wie Ms. North von ihrem morgendlichen Fassadenkletterabenteuer erfahren hatte, scannte Ada die Außenwand mit dem Blick auf Kameras. Keine zu sehen. War sie also doch zufällig beobachtet worden, als sie an einem Fenster vorbeigekraxelt war? Und wenn schon. In der Schule gingen um zehn Uhr die Lichter aus, zu so später Stunde war dieses Risiko also zu vernachlässigen.

Ada wartete ab, bis ein Sicherheitsmann um die nächste Ecke

verschwunden war. Dann wagte sie sich hinter der Hecke hervor und stieg flink die ersten Meter an der Außenmauer hinauf.

Senkrecht in die Höhe zu klettern war viel einfacher als seitlich oder hinunter, und noch leichter wurde es dank Adas Kletterhandschuhen und ihren Turnschuhen mit weicher, dünner Sohle. Sie hatte bald den Fenstersims im Erdgeschoss erreicht, streckte sich und umfasste die Oberkante des Rahmens. Wie beim morgendlichen Abstieg presste sie ihre Füße gegen die Innenseiten der Nische, dann reckte sie sich nach dem Vorsprung eine Etage höher. Diesmal verliehen ihr ihre Sohlen genügend Halt, dass sie sich am Mauerwerk fixieren konnte. Ada vergewisserte sich, dass ihr Griff am oberen Sims gut saß, zog die Beine an, hakte die Zehen in die Oberkante des unteren Fensters und schob sich langsam hoch. Auf den Fußspitzen balancierend stemmte sie sich nun mit den Händen in die Nische, schließlich musste sie nur die Füße auf den Sims schwingen. Damit war ein Stockwerk geschafft, acht hatte sie noch vor sich.

Als sie sich zehn Minuten später aufs Schuldach rollte, hörte Ada ein erschrockenes Aufkeuchen.

»Samus? Bist du's?«

»Hey, Jace.«

Jace lehnte mit verschränkten Armen an der Backsteinmauer neben der Tür. Es wäre eine halbwegs lässige Pose gewesen, wären ihm dabei nicht fast die Augen aus den Höhlen geploppt. »Und wieder muss ich dich fragen: Warum bist du so verrückt?«

Ada schob ihre Kapuze zurück, lächelte ihn an und lief schnell zu ihm hinüber. »Hör zu, ich hab's eilig …«

»Wie jetzt – willst du abhauen? Wo warst du eigentlich den ganzen Tag?«

»Ich bin schon abgehauen«, klärte Ada ihn auf. »Aber es gibt da was, wo du mir helfen musst, deshalb bin ich noch mal zurück. Aber danach muss ich wieder verschwinden, wahrscheinlich für immer.«

»Nur dass du's weißt, ich klettere nicht an Häuserwänden«, sagte Jace schnell. »Weder hoch noch runter.«

»Nein, Jace, ich brauche bloß ein paar Infos. Hast du schon mal von einem Hacker's Key gehört?«

Er lachte kurz auf. »Ja, klar.«

»Was ist daran so witzig?«

»Was soll ich sagen? Es ist Quatsch. Dieser Root Key oder Hacker's Key oder Sonst-wie-Key, das ist so eine idiotische Internetstory, die die Leute aus lauter Spaß an der Panikmache endlos weiterverbreiten. Du weißt schon.«

»Okay, gut. Aber was genau ist es?«

»Na ja, *angeblich* hat man sich schon in der Frühphase des Computerzeitalters, also in den Sechzigern oder so, davor gefürchtet, dass eines Tages eine künstliche Intelligenz die Macht an sich reißen könnte. Und deshalb haben die Leute bei IBM quasi als Absicherung für den Notfall ein paar wenige Zeilen Programmcode in ihren Quelltext geschrieben. Sollte jemals eine künstliche Intelligenz versuchen, den Laden zu übernehmen, könnte man dann einen bestimmten Befehl ausführen, der wiederum einen Prozess auslösen würde, der zur Löschung des gesamten Betriebssystems führt.«

»Das ist aber eine ganze Weile her«, merkte Ada an.

»Schon. Aber der Legende nach stehen im Root-Verzeichnis jedes Betriebssystems, das jemals programmiert wurde, diese paar Codezeilen. Bis heute.«

»Warum?«

»Was weiß ich? Vielleicht aus einer schrägen Tradition heraus, oder die Leute machen sich immer noch Sorgen, dass sich irgendeine KI unseren Planeten Untertan machen könnte. Jedenfalls steckt dieser Code angeblich immer noch überall drin, wirklich in allem – von Computern bis Smartphones. Aber das konnte sich nie irgendwer zunutze machen, weil die Abfolge von Befehlen, die ihn erst in Gang setzt, vor Jahrzehnten verloren gegangen ist. Der eigentliche Notfallcode ist sehr kurz, doch der Befehl, der ihn aktiviert, soll irrsinnig lang sein. So lang, dass es buchstäblich Hunderte von Jahren dauern würde, ihn durch einen Brute-Force-Angriff zu entschlüsseln, also wenn man es einfach mit allen möglichen Kombinationen versuchen würde.«

»Und eben deswegen wurde dieser Befehl auf dem Hacker's Key gespeichert«, riet Ada.

»Genau. Behaupten jedenfalls manche Leute«, meinte Jace. »Du weißt schon, komplett durchgeknallte Typen mit Aluhut auf dem Schädel, damit die Außerirdischen nicht ihre Gedanken lesen können und …« Plötzlich wurde er unruhig. »Äh, warum schaust du mich die ganze Zeit so ernst an?«

»Weil es den Hacker's Key wirklich gibt. Bis gestern wurde er von den Vereinten Nationen aufbewahrt.«

»Von den *Vereinten Nationen*?« Jace kniff die Augen zusammen. *»Bis gestern?«*

»Er wurde gestohlen«, sagte Ada. »Und ich schätze, das heißt, dass der oder die Täter jetzt jedes Computernetz auf der Erde lahmlegen könnten. Ob von Banken, Krankenhäusern, Regierungen … Kein System ist sicher.«

»Nee, nee, du hast es immer noch nicht kapiert. Gesetzt den Fall, dass der Täter auch weiß, wie man das Teil richtig benutzt, könnte noch viel mehr den Bach runtergehen als nur ein einziges Netzwerk.«

»Wie, viel mehr?« Ein einziges lahmgelegtes Krankenhaus hätte Ada schon schlimm genug gefunden.

»Denk mal drüber nach. Eine wahrhaft intelligente, bestens vernetzte KI könnte man nur zerstören, indem man zeitgleich auch alle mit ihr verbundenen Systeme zerstört. Wenn der Root Key also für den Kampf gegen eine solche KI entwickelt wurde, müsste der Löschprozess auf einen Schlag auf alle internetfähigen Geräte übergreifen.«

»Auf alle Computer, meinst du? Auf der ganzen Welt?« Ada konnte nicht so recht glauben, was sie da zu hören bekam.

»Und auf alle Handys, alle anderen Smartgeräte, alle … überhaupt alles«, ergänzte Jace. »Computergesteuerte Flugzeuge würden vom Himmel fallen. Global tätige Banken würden zusammenbrechen. Und was du dir sonst noch so vorstellen kannst. Es wäre die vollkommene, weltweite Technik-Apokalypse.«

»Uaahh.« Schon beim Gedanken an die Auswirkungen einer solchen Katastrophe schmerzte Ada der Kopf. Die Welt, wie man sie kannte – sie würde binnen Sekunden verschwinden. Ihr wurde übel. »Stimmt, das ist wirklich ein bisschen mehr.«

»Woher hast du das eigentlich alles, dass es den Schlüssel wirklich geben soll und so?«, fragte Jace.

»Ist eine lange Geschichte. Aber hey, heute früh haben wir doch über deine Funkgeräte geredet – sind die mittlerweile fertig? Mit einer Kommandozeile komme ich ja noch ganz gut zurecht, aber ich bin keine Expertin fürs Hacken von Netzwerken. Kann sein, dass ich mich noch mal bei dir melden muss, wenn ich das Ding gefunden habe.«

»Nein, nein«, sagte Jace. »Nein. Das kannst du gleich wieder vergessen. Habe ich das richtig verstanden, dass es den Root Key wirklich gibt, dass er gestohlen wurde und dass du nach ihm suchen willst?«

Ada nickte.

»Dann komme ich mit. So was lasse ich mir garantiert nicht entgehen.«

Im schwachen Mondlicht studierte Ada Jace' Gesicht. Meinte er das ernst? In ihrem Bauch kribbelte ein Anflug von Hoffnung, dass sie vielleicht doch nicht auf sich allein gestellt sein würde. Doch sie drängte den Gedanken beiseite. Zuerst musste sie ihm absolut klarmachen, worauf er sich einlassen würde. Wohin es führen könnte. Abenteuer waren eine tolle Sache. Aber selten ohne eine gehörige Portion Risiko.

»Jace ... Wenn ich erst mal weg bin, werde ich untertauchen müssen. Vielleicht für immer. Ja, der Laden hier ist das Letzte, aber vielleicht ist er auch deine letzte Chance auf ein normales Leben. Wenn du jetzt mitkommst, war's das.«

Er verzog das Gesicht. »Du denkst, ich will normal sein? Das ist hart.«

»Aber es wäre gefährlich.«

»War es in meiner alten Gegend auch. Hör mal, Samus, du wirst mich brauchen. Hundertprozentig. Und ich bin so fertig mit dem Laden hier, ich drehe bald durch.«

Ada kaute auf ihrer Unterlippe. Sobald Pascale sie in Baltimore abgesetzt hatte, würde sie ganz allein sein, und wirklich allein war sie noch nie gewesen. Abgesehen davon hatte Jace recht – früher oder später wäre sie vermutlich auf seine Hilfe angewiesen. Im Großen und Ganzen wusste sie zwar, wie Programmiersprachen und Netzwerke funktionierten, doch Jace hatte tausendmal mehr Ahnung und Skills als sie. Er hatte halb Baltimore den Strom abgedreht, nur um sich ins Netz seiner alten Schule zu hacken. Und dafür hatten sie ihn dann nach Springfield verfrachtet.

»Bist du dir wirklich sicher?«, fragte sie.

»Absolut sicher«, antwortete Jace mit fester Stimme.

Man müsse stets wissen, welche Fähigkeiten es für einen bestimmten Beutezug braucht, hatte Adas Vater ihr immer wieder eingetrichtert, man müsse seine Grenzen kennen und Leute anheuern, die draufhatten, was man selbst nicht liefern konnte. Oder suchte sie nur nach einer Ausrede, ihren besten Freund mitzunehmen? Und wenn schon! Auch seelische Bedürfnisse waren wichtig.

Ada grinste. »Na schön. Aber beschwer dich bloß nicht, wenn du dich dann für den Rest deines Lebens vor Interpol verstecken musst.«

»Ich habe zwar keine Ahnung, was Interpol sein soll, aber ich bin nun wirklich keiner, der anderen die Schuld an seinen eigenen Entscheidungen zuschiebt.«

»Klingt gut.« Dann zog Ada die Brauen zusammen – ihr dämmerte gerade, dass ihr alter Fluchtplan nicht mehr aufging. »Aber wie sollen wir dich unbemerkt hier rausholen, wo du doch auf keinen Fall die Wand runterklettern willst?«

»Dank der Brandschutzvorschriften dürfen nie alle Außentüren verriegelt sein. Ich würde also vorschlagen, wir machen's wie jeder normale Mensch und nehmen den Notausgang.«

»Geht dann nicht der Alarm los?«

Jace schüttelte den Kopf. »Ach Süße, wie oft willst du mich heute denn noch beleidigen? Du kannst dir doch denken, dass ich mir schon an meinem ersten Tag hier überlegt habe, wie man die Alarmanlage überbrückt. Ich hätte jederzeit gehen können. Ich wusste nur nie, wohin.«

Manches Risiko lohnt sich

»Na, na, na. Wohin des Weges, ihr zwei?«

Da Jace noch schnell ein paar Sachen aus seinem Zimmer holen musste, huschten Ada und er gerade durch den Schulflur zurück zum Treppenhaus, als sie erwischt wurden. Allerdings nicht von Ms. Grand oder Mr. Albertson und nicht einmal von Ms. North. Nein, es war viel schlimmer.

Ada setzte ein lässiges Lächeln auf. »Hey, Cody.«

In der Tür ihres gemeinsamen Zimmers stand Cody Francesco, die Arme verschränkt, ihr ebenmäßiges Gesicht zu einem Spiegelbild des Misstrauens verzerrt. Normalerweise schlummerte sie zu dieser Uhrzeit unter ihrer Schlafmaske, doch diese Nacht steckte sie in einer frisch gebügelten Uniform, und ihr langes kastanienbraunes Haar war sorgfältig gebürstet.

»*Hey* mich nicht an, *empollona*. Was habt ihr beide hier zu suchen? Ihr müsstet doch längst im Bettchen liegen.«

»Komm schon, Cody«, bat Jace, »mach dich locker.«

»Mal sehen«, erwiderte Cody. »Wisst ihr, wäre die kleine *française* allein unterwegs, würde ich ja davon ausgehen, dass sie bloß wieder irgendwas Schräges vorhat. Aber wenn du mit von der Partie bist, Jace, dann steckt garantiert mehr dahinter. Also lasst hören – oder soll ich Alarm schlagen?«

Ada und Jace sahen sich an, er mit hoffnungsvoller, sie mit

gequälter Miene. Er hatte von Anfang an eine Schwäche für Cody gehabt, vermutlich weil sie so unglaublich selbstsicher auftrat, wie eine echte Lady eben. Cody hatte ein unheimliches Talent dafür, ihren Willen durchzusetzen, und offenbar fiel es auch Jace schwer, nicht sofort einzuknicken.

»Echt jetzt?«, fragte Ada ihn vorwurfsvoll.

Jace sah sie verschämt an. »Sie könnte ganz nützlich sein.«

Codys Augen verengten sich. »Ihr wollt abhauen, oder?«

»Kann sein«, erwiderte Ada.

»Dann komme ich mit.« Mit einem energischen Nicken stemmte sie die Hände in die Hüften, als gäbe es daran überhaupt keinen Zweifel.

»Ach ja?«, fragte Ada.

Cody grinste hinterlistig. »Jace hat doch recht. Ihr braucht mich.«

»Das hat er nicht gesagt.«

»Aber fast.« Cody lehnte sich nach vorne und lächelte Jace freundlich an, so wie bei einer lockeren Plauderei. »Sagt mal, wohin wollt ihr eigentlich?«

Jace konnte ihr keine Sekunde standhalten. »Es ist etwas gestohlen worden, und wir werden es ausfindig machen.«

Ada starrte ihn böse an. Wie zuvorkommend er war – ausgerechnet in dieser Situation! Und dann warf er ihr auch noch einen verlegenen Blick zu, als wäre es dadurch irgendwie halb so schlimm …

Nur Cody wirkte rundum zufrieden. »Ihr wisst also gar nicht, wohin die Reise geht?«

»Noch nicht«, gab Ada zu.

»Und es könnte überall sein?« Cody zog die Brauen hoch, ein gespanntes Funkeln in den Augen.

»Schätze, ja …«

»Überall auf der *ganzen Welt*?«

Selbst wenn sie nichts weiter vorhatte, verlor Ada schnell die Geduld mit Cody, und jetzt hatte sie rein zufällig dringende Pläne. »Worauf willst du hinaus?«

»Wie viele Sprachen sprichst du?«

»Fünf.« Das war eher großzügig gerechnet. Adas Italienisch hörte sich fürchterlich an.

Doch Jace war schwer beeindruckt. »Du sprichst fünf Sprachen?«

»Soso«, schaltete Cody sich schnell wieder ein. »Tja, ich beherrsche fünfzehn Sprachen.«

Jace betrachtete sie ehrfürchtig. *»Fünfzehn?«*

Ein Schulterzucken, als wäre Cody schon wieder gelangweilt von diesem Thema. »Ich hätte ja fast sechzehn gesagt, aber Suaheli verstehe ich zwar, kann mich selbst aber nicht besonders gut darin ausdrücken. Und wie viele sprichst du, Jace?«

»Gelten auch Programmiersprachen?«, fragte er.

»Nur wenn du dich darin nach der nächsten Toilette erkundigen kannst.« Cody wandte sich mit ungeduldiger Miene wieder an Ada. »Und? Fünfzehn Sprachen wären doch ganz nützlich – oder was meinst du?«

»Könnte schon sein«, erwiderte Ada. In Wirklichkeit wären sie *sehr* nützlich, was Ada jedoch nie zugeben würde. »Noch nützlicher wären aber Partner, denen ich vertrauen kann. Woher soll ich wissen, dass du uns nicht bei der erstbesten Gelegenheit in den Rücken fällst?«

»Wieso sollte ich?«, gab Cody zurück. »Ich will hier raus. Nicht nur aus der Schule, sondern aus dem ganzen Land. Und ich wette, dass du genau weißt, wie man das hinkriegt.«

»Möglich.«

»Keine Ahnung, wonach ihr sucht, aber wenn ihr mich hier rausholt, helfe ich euch, es zu finden. Ehrenwort.«

Auf Codys Versprechungen war kein Verlass, das war Ada bewusst. Aber wie sagte ihr Vater immer? Man konnte sich stets darauf verlassen, dass die Leute taten, was ihnen selbst am meisten brachte.

»Du hilfst uns zu finden, wonach wir suchen. Dafür kümmere ich mich um einen Reisepass und alles andere, was du für einen Neuanfang irgendwo weit weg brauchst.«

Cody lächelte triumphierend. »Wir sind uns einig.«

»Dann hauen wir lieber ab, bevor uns noch jemand erwischt«, sagte Ada. »Hoffe, du kannst mithalten, Cody.«

»Abwarten, *française*. Nicht dass du mir ein Klotz am Bein bist. Ich werde dir schon zeigen, wie eine echte Weltklasseverbrecherin vorgeht. Mit Betonung auf *Klasse*.«

Als sie durch den Flur zum Treppenhaus schlichen, musste Ada wider Willen lächeln. Eigentlich könnte es mit Cody sogar ziemlich witzig werden – vor allem wenn sie sich irgendwann die Finger schmutzig machen oder durch Lüftungsschächte robben müssten. Ja, darauf freute Ada sich schon ganz besonders.

Gehe nie davon aus, dass du noch mal davongekommen bist

»Ma'am? Sie sind auf dem Weg zum Ausgang.«

An einem Schreibtisch in der Beratungsstelle der Springfield Military Reform School saß ein Mann mit kantigem Kinn und akkurat gezogenem Scheitel. Aufmerksam beobachtete er einen Monitor, auf dem Ada, Jace und Cody zu sehen waren, vorsichtig durch das Treppenhaus schleichend, auf ihrem Weg nach unten.

»Wie interessant.« Ms. North schaute dem Mann über die Schulter. Auf ihren Brillengläsern glitzerte das Bildschirmlicht.

»Soll ich ein Team schicken, um sie festsetzen zu lassen?«, fragte der Mann.

»Nein, Agent West. Lassen Sie sie laufen.«

»Ma'am?« West drehte sich zu seiner Chefin um, offensichtlich überrascht.

»Wir haben es auf Pendletons Weise probiert – mit einem so spektakulären Reinfall hatte nicht einmal ich gerechnet. Jetzt machen wir's auf meine Art.«

»Glauben Sie wirklich, sie wird den Schlüssel finden?«

North zuckte mit den Schultern. »Selbst wenn nicht, wird sie doch zumindest so viel Wirbel verursachen, dass sie unseren Dieb – oder unsere Diebin – aufscheucht. Und sobald er oder sie sich zeigt, schlagen wir zu.«

»Aber Ma'am …« West zögerte. »Wie soll ich sagen …«

»Ja, Agent?«

»Also, sie ist doch nur ein junges Mädchen. Und es könnte sehr gefährlich werden.«

»Erstens«, sagte North, »wird Miss Genet hier offenbar immer noch von allen unterschätzt, obwohl ich schon tausendmal erklärt habe, was eines Tages aus ihr werden könnte! Liegt es etwa daran, dass sie kein *Junge* ist?«

»N… nein, Ma'am. Bitte um Verzeihung.«

»Und außerdem«, Wests Entschuldigung überhörte sie einfach, »wenn wir den Schlüssel nicht finden, bevor er eingesetzt wird, können Sie fest mit dem Zusammenbruch unserer gesamten Zivilisation rechnen. Und sollte sich diese Katastrophe nur um den Preis der Leben dreier straffälliger Teenager abwenden lassen, bringe ich dieses Opfer ehrlich gesagt gerne. Sie etwa nicht?«

Allzu glücklich blickte West nicht drein, aber er nickte. »Doch, Ma'am. Da haben Sie wohl recht.«

Stell dir immer die unbequemsten Fragen

»Wie konnte ich, Pascale Benoit, der Houdini Haitis, nur so enden? Als Chauffeur einer Bande Kinder!«

Mit einem Seufzen steuerte Pascale den kleinen grauen Wagen eine Schnellstraße in den Außenbezirken von Washington, D.C., entlang. Straßenlaternen fegten an ihnen vorüber, ein regelmäßiges grelles Aufflackern unter dem Abendhimmel, und in der Ferne leuchtete strahlend weiß das Washington Monument.

»Merci beaucoup auch«, sagte Ada, die auf dem Beifahrersitz saß. »So lange brauchen wir bis Baltimore aber sowieso nicht, oder?«

»Ein paar Stunden, je nach Verkehr«, antwortete er.

Von der Rückbank meldete sich Jace zu Wort: »Wir fahren nach Baltimore?«

»Da ist das nächste Safe House meines Vaters«, klärte Ada ihn auf.

»Hey, dann könnten wir doch bei meiner Grandma vorbeischauen.«

Cody warf Jace einen scharfen Blick zu und wandte sich dann an Ada. »Meint der das ernst?«

»Das geht nicht, Jace«, sagte Ada betrübt. »Wenn die rauskriegen, dass wir weg sind, werden sie als Erstes unsere Familien und Freunde abklappern. Und du willst doch nicht, dass deine arme Grandma vom FBI in die Zange genommen wird.«

»Auf keinen Fall«, entgegnete Jace. »Das würde ihr Herz nicht mitmachen.«

»Es tut mir leid.« Ada wusste nicht, was aus Jace' Eltern geworden war, aber aufgewachsen war er bei seiner Großmutter. Er war so eng mit ihr wie Ada mit ihrem Vater.

Jace seufzte. »Nee, alles gut. Muss mich nur erst an unser neues Leben als Gesetzlose gewöhnen.«

»Wenn wir das Ganze hinter uns haben, können wir ja vielleicht noch mal herkommen.«

»Apropos«, sagte Cody. »Da ich jetzt offiziell das dritte Rad am Wagen bin, sollte ich doch langsam mal erfahren, was hier eigentlich los ist. Wollt ihr ein Ding drehen? Wenn ja – ich will einen Anteil.«

Ada und Jace sahen sich an. Wieder einmal war Ada misstrauisch und Jace voller Hoffnung.

»Eigentlich können wir ihr auch gleich alles erzählen«, meinte er.

»Sieht so aus.« Ada drehte sich zu Cody um. »Irgendwer hat den Vereinten Nationen eine Cyber-Waffe geklaut, und dieser Jemand kennt meinen Dad. Ich habe so ein Gefühl, dass mein Dad schon weiß, wer es war, aber er wollte es mir nicht verraten. Schätzungsweise weil ich ohne seine Hilfe dahinterkommen soll, womit ich normalerweise null Probleme hätte … wenn nur nicht so viel auf dem Spiel stehen würde.«

»Okay«, sagte Cody, »und wenn wir herausgefunden haben, wer das Ding gestohlen hat, was dann?«

Ada starrte sie an. »Wie, was dann?«

»Ich gehe davon aus, dass wir uns diese Cyber-Waffe selbst unter den Nagel reißen werden. Also, habt ihr schon einen Abnehmer am Start?«

»Äh, wie war das?«, japste Jace. »Einen *Abnehmer*?«

»Was denn? Oder wollt ihr das Ding selbst einsetzen?«

Jace schüttelte den Kopf. »Soll das ein Scherz sein? Das Ding soll bitte *niemand* einsetzen. Wir müssen es wieder bei den Vereinten Nationen abliefern, damit die darauf aufpassen können. Wenn sie das Teil nicht lieber vernichten.«

»Aber das ist doch Wahnsinn. Wie sollen wir auf die Art Geld verdienen?« Erwartungsvoll wandte Cody sich an Ada. »Ein bisschen Unterstützung bitte, *française*.«

»Ich … keine Ahnung. Mein Vater hat mir nicht gesagt, was ich damit machen soll.«

»Nichts für ungut, Samus, aber wen interessiert, was dein Dad will?«, sagte Jace. »Was willst *du* damit anstellen?«

Ada blickte zwischen Cody und Jace hin und her. Cody hatte recht, klar. Vor ihnen lag eine gefährliche und noch dazu kostspielige Unternehmung – es ergab keinen Sinn, das Ganze ohne Aussicht auf Gewinn durchzuziehen. Sie könnten natürlich versuchen, die UN zu erpressen, Geld gegen Schlüssel. Aber selbst wenn sie damit durchkommen sollten, wäre es das wert? Sie würden auf einen Schlag ganz oben auf der Interpol-Fahndungsliste landen. Und es gab nur noch eine andere Möglichkeit, Geld rauszuschlagen, nämlich den Schlüssel auf dem Schwarzmarkt zu verkaufen.

Doch auch Jace hatte recht. Der Schlüssel war keine hübsche Trophäe für richtig reiche Leute. Sondern eine tödliche Waffe, mit der man Milliarden Menschen schweres Leid zufügen könnte. Durfte man so etwas wirklich an den Meistbietenden verscherbeln? Adas Vater war Hacker, Dieb und Gesetzloser, aber kein Mörder. Dass seine Tochter die ganze Welt in Gefahr brachte, das würde er nicht wollen.

Sie wandte sich an Pascale. »Was denkst du, was wir machen sollten?«

Er schüttelte den Kopf. »Nichts da. Mein Auftrag lautet, dir bei der Flucht zu helfen und dich nach Baltimore zu schaffen. Für alles Weitere bin ich nicht mehr zuständig. Das wirst du schon selbst ausknobeln müssen.«

Sie zog eine Grimasse. »Hat dir mein Vater gesagt, dass du das sagen sollst?«

»Und wenn schon – ich sehe es genauso. Du kannst nicht immer nur deinem Dad hinterherlaufen.« Als er für einen Moment zu Ada hinüberspähte, wurde Pascales Blick etwas weicher. »Aber einen Bonushinweis hätte ich noch für dich.«

»Und der wäre?«

»Du bist jetzt in dem Alter, in dem du mit deinen eigenen Entscheidungen darüber bestimmst, wer du bist. Also, was für ein Mensch willst du sein?«

Ada hatte einiges auf dem Kasten. Sie machte sich ihre Gedanken über viele verschiedene Themen. Aber darüber hatte sie nie nachgedacht, nicht wirklich. Bisher hatte sie sich einfach in allem nach ihrem Vater gerichtet. Das war nicht immer leicht gewesen, hatte aber immer Spaß gemacht. Und auch in ihrem Jahr an der Springfield hatte Ada die ganze Zeit so getan, als könnte sie noch genauso weitermachen, noch derselbe Mensch sein wie zuvor. Doch ihr Vater saß im Knast. So wie es sich angehört hatte, wollte er so schnell nicht abhauen, und rauslassen würden sie ihn garantiert erst in vielen Jahren. War ihr altes Leben also vorbei? Und wenn ja, wie sollte ihr neues Leben aussehen?

»Ich weiß nicht, was für ein Mensch ich sein will«, gab sie zu.

»Na, wenn du die Antwort auf diese Frage gefunden hast«, sagte Pascale, »dann klärt sich die andere von selbst. Wetten?«

Im Safe House ist es doch immer noch am schönsten

Als sie in Baltimore eintrafen, wurde es allmählich wieder hell. Vorbei an einem Baseball-Stadion gelangten sie ins Stadtzentrum, wo sich etliche Museen, Geschäfte und Restaurants um ein großes Hafenbecken gruppierten. Darin lagen alle möglichen Wassergefährte – von winzigen Segelbooten bis hin zu einem gewaltigen, altehrwürdigen Schlachtschiff.

»Willkommen in *Charm City*, der schönsten Stadt der Welt«, sagte Jace stolz.

»Ist schon ganz okay hier«, räumte Cody ein.

Pascale wechselte auf eine andere Schnellstraße, die sie nördlich aus dem Zentrum hinaus ins Stadtviertel Hampden führte. Es bestand überwiegend aus kleinen Eigenheimen und größeren Mietshäusern, an einer Kreuzung gab es aber auch eine übersichtliche Shoppingmeile mit Restaurants, Bekleidungsgeschäften und ein paar alten Plattenläden. Am wichtigsten war allerdings die Buchhandlung, denn an dieser sollten sie sich laut Adas Vater orientieren.

Gegenüber von *Atomic Books* hielt Pascale an, ohne den Motor abzustellen.

»Hier trennen sich unsere Wege, *chérie*«, sagte er zu Ada. »Viel Glück euch allen.«

Über die Mittelkonsole gelehnt, umarmte Ada ihn. »Danke für alles. Vor allem dafür, dass du dir extra für mich den Kopf rasiert hast. Ich hoffe, es wächst schnell nach.«

Pascale sah zu, wie Ada den Wagen verließ, und tätschelte dabei seine schimmernde Glatze. »Ich weiß nicht, vielleicht bleibe ich ein Weilchen dabei.«

»Davon würde ich abraten«, meinte Cody, während sie und Jace ebenfalls ausstiegen. »Es gibt Leute, die können sich diesen Kahlkopf-Look leisten, aber dein Schädel ist hinten irgendwie komisch geformt.«

Pascale verdrehte die Augen und nickte Ada zu. »Viel Spaß mit der da.«

»Danke«, erwiderte Ada sarkastisch.

»Au revoir!« Winkend fuhr er davon.

»So was.« Jace blickte sich um, betrachtete die Geschäfte und die Passanten auf dem Weg zur Arbeit.

»Was ist?«, fragte Ada ihn.

»Das Viertel hat sich ganz schön verändert. Ich war früher manchmal in der Gegend, weil's hier einen tollen Plattenladen gibt.«

»Platten?«, echote Cody. »Dein Ernst?«

»Na und? Ich höre eben gerne Jazz, und an die richtig alten Aufnahmen kommt man anders nicht ran.«

»Du hörst gerne *Jazz*? Wie alt bist du, 65?«

Jace warf Ada einen schuldbewussten Blick zu. »Vielleicht hätten wir sie doch nicht mitnehmen sollen.«

»Du wolltest ja unbedingt«, meinte Ada. »Aber was hat sich hier denn so groß getan?«

Er zuckte mit den Schultern. »Schwer zu sagen. Es ist einfach viel mehr los als früher. Ist nur ein paar Jahre her, aber da gab's hier noch nicht so viele Läden und so.«

»Ist das nicht was Gutes?«, fragte Ada.

»Kann schon sein, jedenfalls solange mein Plattenladen noch da ist …«

Ada nickte. »Nach dem können wir uns nachher umschauen. Zuerst müssen wir das Safe House finden.«

Sie liefen zur nächsten Ecke und bogen links ab, dann noch einmal links in eine schmale Gasse. Hinter der Ladenzeile lag ein Mietshaus, daneben erhob sich die Seitenwand einer Kirche, und eingezwängt zwischen diesen beiden Gebäuden befand sich ein einstöckiger, fensterloser Backsteinbau, dem Anschein nach ein kleines Lagerhaus.

»Das muss es sein.«

Ada eilte zum Eingang. Anstelle des üblichen Türschlosses fand sie ein Ziffernfeld vor. Ihr Vater hatte Hunderte dieser kleinen Safe Houses, auf der ganzen Welt verteilt, man hätte sich also unmöglich für jedes einzelne einen bestimmten Türcode merken können. Andererseits wäre es zu riskant gewesen, für alle Häuser denselben Code zu nutzen – hätte sich in diesem Fall ein Eindringling Zutritt zu einem verschafft, wären alle gefährdet gewesen. Daher war jedes Haus mit einem eigenen Code gesichert, der sich aber jeweils aus einem bestimmten System ergab. Die Leute vom FBI waren nicht gerade dumm, das System durfte also nicht zu simpel ausfallen, so wie etwa Straße plus Hausnummer oder Postleitzahl. Es durfte nur dann leicht zu durchschauen sein, wenn man wusste, wie es funktionierte.

Bis in die 1960er-Jahre hinein hatten Telefonnummern in den USA aus Buchstaben und Ziffern bestanden, in kleineren Städten zum Beispiel aus zwei Buchstaben und drei Ziffern, in größeren wie New York eher aus drei Buchstaben und vier Ziffern. In alten Zeiten wurden nämlich sämtliche Anrufe durch zentrale Vermittlungsstellen in der jeweiligen Stadt geleitet, und die Buchstaben standen für ebendiese Stelle. Hing ein Telefonanschluss beispielsweise an der Vermittlungsstelle Harlem, lautete die dazugehörige »Nummer« HAR-4247 oder so ähnlich. Das war der ursprüngliche Sinn hinter den drei bis vier Buchstaben, die bis in die Gegenwart – selbst bei modernen Smartphones – auf dem Ziffernblock eines jeden Telefons unter den Zahlen zu lesen waren. Eine ganz alltägliche Sache, die man ständig vor Augen hatte, über die man aber nie nachdachte – und damit die perfekte Grundlage für ein alphanumerisches Übersetzungssystem.

Die vier Ziffern, die auf dem Tastenfeld jedes Safe House eingegeben werden mussten, ergaben sich aus der entsprechenden Straße und Stadt. Doch für den Fall, dass sich irgendein FBI-Agent noch an das alte System der Telefon-Vermittlungsstellen erinnern konnte, hatte Adas Vater als zusätzlichen Stolperstein nicht die jeweils ersten beiden Buchstaben von Straße und Stadt verwendet, sondern den ersten und letzten. Der Türcode des Safe House in der Cairnes Lane in Baltimore musste deshalb »CSBE« lauten, oder in Ziffern übertragen: 2723.

Ada drückte die vier Tasten. Über dem Ziffernfeld leuchtete ein grünes Lämpchen auf.

»Wir sind drin!«

»Du wirkst so erleichtert«, merkte Jace an. »Hattest du Zweifel?«

»Nein. Ich war nur noch nie in dem Safe House hier«, sagte Ada. »Und ich kenne das System zwar, aber ich hab's noch nie ohne meinen Dad probiert. Okay, macht euch auf was gefasst. Hier ist wahrscheinlich seit Jahren kein Mensch mehr gewesen. Dürfte alles verdammt alt und voller Staub sein …«

Sie stieß die Tür auf und knipste das Licht an. Im weißen Strahlen der aufflackernden Neonröhren erschien ein großer, offener Raum mit schmucklosem Betonboden. Drüben auf der einen Seite standen ein Schreibtisch, ein Stockbett aus Stahlrohr und zwei Spinde. Auf der anderen befanden sich ein kleines Waschbecken, ein Minikühlschrank, eine Kochplatte und eine Mikrowelle, und vor der gesamten hinteren Wand stapelten sich Aufbewahrungsboxen.

»Wow«, sagte Jace, als sie das Safe House betraten. »Hier lässt sich's wirklich leben.«

»Wenn man keine andere Wahl hat«, meinte Cody.

Ohne auf ihre kritische Anmerkung einzugehen, marschierte Ada zum Waschbecken und überprüfte, ob der Hahn funktionierte. Jetzt, wo sie darüber nachdachte: Wie hatte ihr Vater eigentlich von seiner Zelle aus die ganzen Strom- und Wasseranschlüsse in den vielen Safe Houses in Gang gehalten? Wahrscheinlich, überlegte Ada, hatte er hier draußen jemanden, der sich darum kümmerte.

»Mann, ist das etwa ein Laptop?« Schnellen Schrittes lief Jace zum Schreibtisch. »Und kommen wir hier irgendwie ins Internet?«

»Keine Ahnung, ob der Kram noch funktioniert, aber irgendwo sollten ein Router und ein Modem rumliegen«, antwortete Ada.

»Meintest du nicht, hier müsste alles voller Staub sein?« Jace begutachtete den Laptop auf dem Schreibtisch.

Ada blickte zu ihm hinüber. »Ja, wieso?«

»Na, auf dem Tisch hier ist nicht das kleinste Körnchen zu entdecken«, erwiderte er.

»Komisch …«

»Wisst ihr, was noch komischer ist?« Cody kauerte vor dem Minikühlschrank, dessen Tür sie gerade geöffnet hatte. »Der Kühlschrank ist an, und drinnen steht eine Packung Milch, die erst in einer Woche abläuft.«

»Das kann doch nicht sein.« Ada lief schnell zum Kühlschrank – und sah darin tatsächlich einen ungeöffneten Plastikbehälter mit Milch, die noch mindestens sechs Tage lang haltbar war. »Aber das würde ja heißen …«

»Dass erst vor Kurzem jemand hier war«, meinte Jace.

Auf einmal fühlte Ada sich in diesem Safe House nur noch halb so sicher. Sie schaute sich um, tastete den Raum mit dem Blick nach allem Auffälligem, Unpassendem ab. So entdeckte sie bald das Päckchen auf der unteren Matratze des Stockbetts. Eine kleine Kiste, eingewickelt in farbenfrohes Papier.

Die drei sahen sich an.

»Ist das etwa …«, begann Cody.

»… ein Geschenk?«, beendete Jace den Satz.

Langsam näherte Ada sich dem Päckchen. Das Herz schlug ihr bis zum Hals.

»Sicher, dass du da noch näher rangehen solltest?«, fragte Cody. »Könnte doch, keine Ahnung, eine Bombe drin sein!«

»Musstest du das jetzt unbedingt sagen?«, murmelte Jace anklagend.

Ada starrte auf das Geschenk hinab. Es war in orangefarbenes Papier gehüllt und mit gelben und roten Bändern geschmückt. Auf einem Anhänger stand: *Für Samus*. Cody hatte nicht unrecht. Es könnte einen Sprengsatz enthalten oder etwas ähnlich Gefährliches. Andererseits hatte es ziemlich eindeutig mit ihrem Fall zu tun, schließlich war auf dem Anhänger nicht nur Adas Spitzname zu lesen, sondern zugleich der Name der Heldin des Videospiels, das der Dieb als Originalmodul am Tatort zurückgelassen hatte. Ada musste einen Blick hineinwerfen, sie konnte nicht anders.

Als sie sich vorbeugte und behutsam die Bänder herunterstrich, wichen Jace und Cody einen Schritt zurück. Als Nächstes pellte Ada vorsichtig das Klebeband vom Papier. Noch nie hatte sie sich so viel Zeit damit gelassen, ein Geschenk auszupacken. Mit zitternden Fingern hob sie den Deckel von dem Kästchen.

Darin lag ein Geigerzähler.

Nicht alle Gefahren sind sichtbar

»Das ist ein *was?*«, fragte Cody.

Jace starrte sie an. »Du weißt nicht, was ein Geigerzähler ist?«

Verächtlich warf Cody ihr Haar zur Seite und wandte den Blick ab. »Sorry, aber ich hab's nicht so mit Technikkram wie ihr zwei Nerds.«

»Mit einem Geigerzähler kann man radioaktive Strahlung messen«, erklärte Ada ihr.

Cody runzelte die Stirn. »Aber was soll das Ding dann hi…«

»Oh, Mann!« Jace stand die Panik ins Gesicht geschrieben. »Haben die hier alles verstrahlt, oder wie? Schnell, mach das Ding an!«

Ada schaltete den Geigerzähler ein, und zu dritt beugten sie sich über die Anzeige.

»Radioaktive Strahlung ist schlecht, oder?«, flüsterte Cody nervös. »So richtig kann-man-dran-sterben-schlecht?«

»Zuerst kotzt man alles voll«, antwortete Jace mit angespannter Miene.

»Igitt«, machte Cody.

Jace war noch lange nicht fertig. »Dann kriegt man schlimmen Ausschlag am ganzen Körper.«

»Uah«, machte Cody.

»Dann fallen einem die Haare aus.«

»Das ist jetzt aber bitte ein Scherz.«

»Dann fängt man an, aus allen Öffnungen zu bluten. Sogar aus dem Hintern.«

»Gott, allein die Vorstellung ...« Cody sah aus, als würde sie jeden Moment in Ohnmacht fallen.

»Und erst dann stirbt man«, kam Jace zum Abschluss.

»Okay, und was sagt das Geigerdings jetzt?«, wollte Cody wissen.

»Nichts«, erwiderte Ada. »Hier gibt's keine Strahlung.«

Jace stieß ein tiefes Seufzen aus. »Mann, bin ich erleichtert ... Strahlenkrankheit ist ungefähr mein schlimmster Albtraum. Teilt sich den Spitzenplatz mit Clowns.«

Die Stirn in Falten gelegt, betrachtete Ada zunächst den Geigerzähler und dann das Geschenkpapier, das noch daneben auf der Matratze lag.

»Die kleine *française* wirkt nicht sonderlich erleichtert«, bemerkte Cody.

Ada blickte auf. »Wieso auch? Hier ist jemand eingebrochen. Irgendwer anders als ich oder mein Dad war in einem unserer Safe Houses. Wie haben die das gemacht? Und wieso haben sie mir einen Geigerzähler dagelassen – extra für mich –, obwohl es hier gar keine Strahlung gibt?«

»Und eine Packung Milch«, stellte Jace fest.

»Stimmt, das ist fast noch seltsamer«, sagte Ada. »Wer steigt bitte in ein bestens gesichertes Gebäude ein, um frische Milch in den Kühlschrank zu stellen?«

Cody zuckte die Achseln. »Keine Ahnung. Aber was anderes: Wisst ihr, ob die Geschäfte hier schon auf haben? Ich muss *dringend* raus aus dieser Schuluniform.«

Mit einem Wink deutete Ada auf die Kisten an der hinteren Wand. »Klamotten haben wir da. Sollte was dabei sein, was dir passt.«

Die Augen zusammengekniffen, studierte Cody Adas schwarzgraues Outfit. »Nimm es mir nicht übel, aber Urban Ninja ist jetzt nicht so mein Style.«

Ada seufzte, griff in ihre Reisetasche – und warf Cody ein Bündel Scheine zu. »Na gut. Aber übertreib's nicht, ja? Wir können keine Unmengen Gepäck mitschleppen.«

Grinsend fing Cody das Geld auf. »Wow, danke. Hey, vielleicht bist du doch ganz okay, *française*.«

»Wieso nennst du mich eigentlich immer so?«, fragte Ada. »In Frankreich habe ich auch nicht länger gelebt als irgendwo sonst, und meine Mom war Amerikanerin.«

»Dein Englisch geht schon klar, würde ich sagen, aber du sprichst Spanisch mit französischem Akzent.«

Ada riss zornig die Augen auf. »Von wegen!«

»Sehr wohl, aber das macht doch nichts. Wenn irgendwer deine Schwächen im Bereich Fremdsprachen ausgleichen kann, dann ich. Aber jetzt muss ich los und die Modewelt von Charm City erkunden, also *chao*.« Cody wirbelte auf dem Absatz herum, warf dabei ihr Haar nach hinten und stolzierte davon.

Sobald sie weg war, bedachte Ada Jace mit einem vielsagenden Blick.

»Was?« Schon seine Frage wirkte ein wenig kleinlaut.

»Tu nicht so.«

Jace seufzte. »Wir mussten sie mitnehmen. Sie hätte Alarm geschlagen, und dann wären wir jetzt immer noch an der Springfield. Nur wahrscheinlich in der C-Klasse.«

»Nein, du *wolltest* sie mitnehmen. Findest du Cody gut, oder wie?«

»Was? Nein!« Jace' Blick zuckte wild hierhin und dorthin, überallhin, nur nicht zu Ada. Er fummelte an seinem Ärmel herum. »Das ist doch lächerlich.«

»Ach ja?«

»Echt nicht«, beteuerte er. »Oder nicht so, wie du denkst.«

Das nahm Ada ihm nicht ab. In Sachen Cody, sagte sie sich, war Jace' Urteil nicht viel wert. Hoffentlich würde sich das nicht irgendwann als Problem entpuppen.

»Aber egal«, meinte Jace, der offenbar schnell das Thema wechseln wollte. »Was glaubst du, was der Geigerzähler hier soll?«

»Ich glaube, der Einbrecher oder die Einbrecherin kennt mich und meinen Dad – er oder sie hat mir ein Paket mit meinem Spitznamen drauf hingelegt. Und die Person, die den Hacker's Key gestohlen hat, hat ebenfalls ein Geschenk dagelassen, aber für meinen Vater. Ich glaube also, es handelt sich um ein und denselben Täter.«

»Okay, und … Und der platziert jetzt überall Hinweise auf seine Identität wie so ein Comic-Bösewicht?«

»Keine Ahnung, ehrlich gesagt.« Ada legte den Geigerzähler auf den Schreibtisch und kramte in den Schubladen. In jedem Safe House bewahrte ihr Vater ein altmodisches Adressbuch mit Kontakten in der Umgebung auf. »Aber bevor wir uns weiter das Hirn zermartern, muss ich sowieso noch Pässe für dich und Cody besorgen.«

»Wir verlassen das Land?«, fragte Jace.

»Laut Agent Pendleton wurde der Schlüssel von einer Insel vor der isländischen Küste entwendet. Schätze also, wir fangen dort an.« Inzwischen war Ada fündig geworden. In einem Büchlein mit festem Einband blätterte sie zu *F* wie *Fälscher* – ein Name, eine Telefonnummer aus der Stadt. Ada war leicht skeptisch gewesen, ob hier überhaupt solche Dienste angeboten wurden, schließlich war Baltimore keine Riesenmetropole. Andererseits gab es wahrscheinlich in jeder Stadt mit direkten Flugverbindungen ins Ausland mindestens einen zuverlässigen Passfälscher.

»Island? Okay …« Hellauf begeistert wirkte Jace nicht. »Kalt da, oder?«

»Vermutlich. Wir sollten hier ein paar Jacken auf Lager haben, oder ich gebe dir auch noch Geld, damit du dir was besorgen kannst.« Ada blickte sich nach dem Wegwerfhandy um, einem billigen Prepaid-Mobiltelefon, das man nicht zurückverfolgen konnte. Irgendwo im Safe House müsste eines herumliegen, und damit könnte sie den Fälscher kontaktieren.

»Hey, Ada?«

»Hm?« In der Kochnische hatte Ada das Wegwerfhandy gefunden. Sie nahm es aus der Ladeschale: ein einfaches Klapphandy aus Billigplastik. Mindestens ein paar Jahre alt, aber es funktionierte anscheinend einwandfrei.

»Vorhin hast du gesagt, deine Mom *war* Amerikanerin.« Vom unteren Bett aus, wo er sich niedergelassen hatte, schaute Jace sie ernst an. »Ist sie tot?«

Ada starrte auf das Klapphandy. Jace' Blick machte sie ein bisschen nervös. Dabei fand sie seine Frage nicht aufdringlich oder so. Jace interessierte sich einfach. Allerdings für ein Thema, über das Ada nur ungern sprach. Ja, wäre Cody noch da gewesen, hätte sie wohl überhaupt nichts dazu gesagt. Doch Jace und sie waren unter sich, und er, dachte sie, könnte es vielleicht sogar verstehen.

»Ich weiß nicht, was aus meiner Mom geworden ist. Kann sein, dass sie tot ist oder im Gefängnis sitzt, oder vielleicht macht sie einfach irgendwo in der großen weiten Welt ihr eigenes Ding. Sie hat uns verlassen, als ich fünf war, und mein Dad spricht nicht über sie.«

»Oh«, sagte Jace.

Nach ein paar Sekunden Stille fragte Ada: »Und was ist mit deinen Eltern?«

»Meine Mom ist in Afghanistan umgekommen.«

»Sie war beim Militär?«

Jace nickte. »Bei den Marines.« Der Stolz war ihm anzusehen.

»Und dein Dad?«

»Habe ich nie kennengelernt.«

»Oh.«

Er lächelte, wenn auch ein bisschen gezwungen. »Ist eigentlich halb so schlimm. Wie soll man jemanden vermissen, den man nie gekannt hat, was?«

»Ja, hast recht …« Ada war sich da nicht so sicher, aber sie hatte den Eindruck, Jace durch ihre Zustimmung ein besseres Gefühl geben zu können.

»Fehlt dir deine Mom?«, wollte er wissen.

Darüber musste Ada einen Augenblick nachdenken. Am Ende schüttelte sie den Kopf. »Ehrlich gesagt, erinnere ich mich nicht besonders gut an sie. Aber in den paar Erinnerungen, die ich noch an Lilith Genet habe, jagt sie mir eine Scheißangst ein.«

Ungebetene Hilfe hat ihren Preis. Immer.

Drei Tage später waren die gefälschten Reisepässe für Jace und Cody endlich fertig, und selbst Cody musste zugeben, dass sie hervorragend gelungen waren. Am selben Nachmittag packten Ada, Jace und Cody ihre paar Habseligkeiten, nicht zuletzt dicke Jacken und den mysteriösen Geigerzähler, und nahmen den Shuttlebus zum Flughafen.

Verglichen mit den Flughäfen von Metropolen wie New York, London oder Paris war der Baltimore-Washington International Airport recht klein geraten, und das Auslandsterminal war noch bescheidener – was die Orientierung sehr erleichterte. Am Schalter der Icelandair zahlte Ada in bar für drei One-Way-Tickets, danach machten sie sich auf den Weg zur Sicherheitskontrolle. Und in diesem Moment ging Ada auf, dass ein kleiner Flughafen auch einen Nachteil hatte: Man konnte sich nur schwer in der Menge verstecken. Was in diesem Fall ein echtes Problem darstellte, denn vor dem Metalldetektor waren zwei FBI-Agenten postiert.

»Siehst du das, *française*?«, murmelte Cody, als sie sich in die Schlange vor der Kontrolle einreihten.

»Jepp.«

»Sorry, aber ich seh's nicht«, meinte Jace. »Wärt ihr so freundlich, mich einzuweihen?«

»Vor dem Metalldetektor«, flüsterte Cody. »Zwei Typen im

schwarzen Anzug mit Knopf im Ohr und verdächtig pistolenförmiger Ausbuchtung unter dem Sakko.«

»Aber in unseren Pässen stehen doch andere Namen drin, und wir haben nicht mehr unsere Schuluniform an.« Auch Jace hatte sich schlussendlich dafür entschieden, neue Klamotten kaufen zu gehen, und trug jetzt Jeans, Turnschuhe und einen violetten Baltimore-Ravens-Hoody. Cody war dagegen in ein leichtes Kleid geschlüpft, obwohl Ada extra noch einmal erwähnt hatte, wohin die Reise ging. »Glaubt ihr wirklich, die erkennen unsere Gesichter?«

»Ms. North hat ihnen inzwischen sicher die Fotos aus unseren Schulausweisen zukommen lassen«, sagte Ada.

»Hast auch wieder recht. Oh, Mann. Was machen wir denn jetzt?«

Jace schaute sich ängstlich um, und im ersten Augenblick war Ada genervt, dass er sich so schnell aus der Ruhe bringen ließ. Dann rief sie sich in Erinnerung, dass all das für ihn vollkommen neu war. Jace hatte noch nie ein Flugzeug betreten, und jetzt musste er auch noch befürchten, kurz davor vom FBI in Gewahrsam genommen zu werden. Von seinem Standpunkt aus betrachtet, überlegte sie, blieb er eigentlich noch erstaunlich cool.

»Sollten wir nicht lieber schnell aus der Schlange verschwinden?«, fragte Cody.

»Nein, das würde erst recht Aufmerksamkeit erregen«, widersprach Ada.

»Aber was dann?«, fragte Jace.

»Lasst mich nachdenken …«

Da ertönte direkt hinter ihnen eine Stimme. Ein Mann sprach sie auf Russisch an: »Verzeihung, Miss, aber eventuell könnte ich behilflich sein?«

Adas riss den Kopf herum und blickte in ein bekanntes Gesicht.

»Schukov!«

Der kurz geratene Agent nickte ihr höflich zu. Auf seiner Glatze ruhte eine runde Fellmütze. »Miss Genet. Wie schön, Sie wiederzusehen.«

»Was ist das denn für einer?«, flüsterte Jace misstrauisch.

»Anscheinend kennt er Ada«, antwortete Cody nicht weniger misstrauisch.

»Mr. Schukov war einer der Agenten, die da waren, als ich zu meinem Dad gebracht wurde«, erklärte Ada.

Der Russe machte ein betrübtes Gesicht. »Pendletons Plan sagte mir ebenso wenig zu wie Ihrer Ms. North, doch ich konnte kaum etwas ausrichten. Dort jedenfalls nicht. Hier könnte ich Ihnen deutlich nützlicher sein.«

Ada kniff die Augen zusammen. »Wie genau?«

»Sie würden gerne vermeiden, dass die FBI-Agenten dort vorne auf Sie aufmerksam werden, nicht wahr? Wenn Sie mir gestatten, einen Platz vorzurücken, kann ich die Gentlemen bei Laune halten, während Sie ganz normal die Kontrolle passieren.«

»Und im Gegenzug …?«

Schukov schenkte ihr ein angedeutetes Lächeln. »Sagen wir es so: Ich schulde Ihrem Vater den einen oder anderen Gefallen.«

Da ihr Dad und sie im Laufe der Jahre einige Aufträge aus Russland übernommen hatten, konnte Ada sich das schon vorstellen. Davon abgesehen hatte sie immer noch keine Ahnung, wie sie sonst an den Agenten vorbeikommen sollten.

»Na schön. Aber wenn Sie uns reinlegen, habe ich kein Problem damit, Sie als Helfer bei unserer Flucht zu nennen. Wenn nicht als Kopf der ganzen Aktion.«

Ein leises Kichern. »Ganz der Vater, ich sehe schon. Immer dieser Argwohn. Aber gut, so habe ich die Gelegenheit, Ihnen zu beweisen, dass ich ein wertvoller Verbündeter sein kann.«

Ada trat zur Seite, sodass sich der russische Agent vor sie und die anderen schieben konnte.

»Was war das denn jetzt?«, fragte Jace.

Den Blick nachdenklich auf Ada gerichtet, antwortete Cody: »Der Russe will ein Ablenkungsmanöver starten, damit wir an den FBI-Typen vorbeikommen.«

»Und *warum* will er das?«

»Das ist nicht wirklich klar geworden«, meinte Cody.

»Er hat gesagt, er ist meinem Vater was schuldig«, erwiderte Ada.

Cody schüttelte den Kopf. »Das habe ich gehört. Aber ich bin mir nicht sicher, ob ich ihm glauben soll.«

»Oh, ich glaube ihm selbstverständlich kein Wort«, sagte Ada. »Aber wenn es nicht hinhaut, stehen wir auch nicht schlechter da als jetzt.«

»Oh doch«, schaltete sich Jace ein. »Wenn es nicht hinhaut, stehen wir schon vorne am Metalldetektor, statt uns hier hinten in der Schlange zu verstecken, und dann geht's nur noch in eine Richtung weiter, nämlich geradeaus.«

Ada nickte. »Okay, hast recht. Aber habt ihr eine bessere Idee?«

Die beiden sahen sich an.

»Dachte ich mir doch«, meinte Ada. »Außerdem, auch wenn wir Schukov meiner Meinung nach auf keinen Fall trauen sollten – ich glaube, wir können davon ausgehen, dass er uns nicht den US-Behörden überlassen will. Und das sollten wir uns zunutze machen.«

An der Flughafen-Sicherheitskontrolle anzustehen war sowieso nicht besonders unterhaltsam, und als sich Ada und die anderen nun Schritt für Schritt den beiden FBI-Agenten nähern mussten, zogen sich die Minuten erst recht quälend lange hin. Nach einer halben Ewigkeit durften sie schließlich ihre Rucksäcke, Jacken und Schuhe auf das Fließband türmen und sich am Detektor anstellen.

Zunächst kam jedoch Schukov dran, der immer noch unmittelbar vor ihnen war. Die Arme hochgestreckt, trat er in den durchsichtigen Glaskasten des Detektors. Kaum wurde er vom Scanner durchleuchtet, schrillte der Alarm, und urplötzlich wimmelte es nur so von Wachleuten. Auch die beiden FBI-Agenten halfen, als Schukov mit vereinten Kräften aus dem Glaskasten gezerrt und sorgfältig abgetastet wurde. Dabei kam eine handliche Pistole zum Vorschein. Zutiefst zerknirscht plapperte Schukov auf Russisch drauflos, er sei ein Diplomat aus dem Ausland und er habe offensichtlich leider, leider vergessen, seine Taschen gründlich zu leeren. Die Wachleute, die natürlich kein Russisch sprachen, kapierten rein gar nichts. Daraufhin wurde Schukov von den FBI-Agenten in die Mangel genommen, und diesmal antwortete er in einem übertrieben schlechten, kaum verständlichen Englisch. Das Wort »Diplomat« konnten die Agenten aber aufschnappen, und so hängten sie sich erst einmal ans Telefon, um zu überprüfen, ob an dieser Behauptung tatsächlich etwas dran war.

Während dieses ganzen Trubels schleusten die normalen Sicherheitsbeamten weiter Fluggäste durch den Detektor. Geduldig stand Ada im Glaskasten, die Arme hochgestreckt, ohne dass das FBI sie auch nur eines Blickes würdigte. So brachten sie alle drei die Kontrolle hinter sich und schlüpften schon wieder in ihre Schuhe, als die Agenten drüben mit Schukov abzogen, um ihn weiter zu befragen.

Ada war rundum zufrieden. »Was habe ich euch gesagt?«

»Jo, hattest anscheinend recht«, erwiderte Jace.

»Hmm …«, machte Cody nur.

Innerlich zuckte Ada mit den Schultern. Bestimmt hatte Cody bloß keine Lust, ihren Irrtum zuzugeben.

Alles, was man kann, wird irgendwann nützlich sein

Sechs Stunden nach dem Abflug in Baltimore landeten Ada und die anderen in Island. Im kleinen Flughafen Keflavík drängten sich die Menschen. Seit Jahren wurde das Land vom isländischen Fremdenverkehrsamt als idealer Zwischenstopp auf dem Weg von Nordamerika nach Europa angepriesen, lag es doch genau dazwischen. Im Bordmagazin und auf Werbeplakaten im Flughafen wurde eindringlich dazu geraten, die weite Reise für ein, zwei Tage zu unterbrechen, um die Naturspektakel der Insel wie die Geysire, die heißen Quellen oder die Nordlichter zu erleben.

Jetzt im Frühling, da die Nordlichter nicht mehr so spektakulär ausfielen wie im Winter, es aber noch kühler war als im etwas wärmeren Sommer, wollte anscheinend kaum jemand länger bleiben. Stattdessen hetzten die Reisenden von einem Gate zum anderen, liefen kreuz und quer durcheinander, um ihr eigentliches Ziel zu erreichen. Andere, deren Anschlussflug erst später ging, saßen auf den Bänken im Wartebereich und genehmigten sich einen Snack oder ein Getränk. Aus Lautsprechern an der Decke drangen Durchsagen auf Isländisch, ein leichtfüßiges Murmeln, gefolgt von der englischen Übersetzung.

Und inmitten der endlos dahinrauschenden Menschenströme standen Ada und die anderen und blickten sich ratlos um, benebelt von der Zeitverschiebung. In Island war es sieben Uhr morgens, in Baltimore wäre es erst drei Uhr nachts gewesen. Sie hatten zwar versucht, an Bord ein paar Stunden zu schlafen, ihr Rhythmus musste sich aber trotzdem erst noch umstellen.

»Okay … Jetzt sind wir in Island«, sagte Jace. »Und weiter?«

»Schätze, wir sollten erst mal in die Hauptstadt, nach Reykjavík«, meinte Ada. »Und da heuern wir ein Boot an, das uns zu dieser Insel rausfährt, wo der Schlüssel gestohlen wurde.«

»Und wie kommen wir nach Reka…« Jace gab es auf und verzichtete darauf, den Namen auszusprechen. »In die Hauptstadt?«

»Ich erkundige mich mal«, meinte Cody.

Ada und Jace beobachteten, wie sie voller Selbstbewusstsein auf einen rotbärtigen Hünen zuging und ihn ansprach. Nach ein paar Minuten kehrte sie zurück, offenbar höchst zufrieden mit sich selbst.

»Es gibt einen Bus. Ich weiß, wo er fährt. Mir nach!«

»Du sprichst Isländisch?«, sagte Ada. »Ich glaub's nicht.«

»Fünfzehn Sprachen – schon vergessen?«, flötete Cody mit einem Blick über die Schulter, während sie zügig vorneweg marschierte.

Ada und Jace mussten sich beeilen, um sie einzuholen.

»Ja, aber ausgerechnet Isländisch? Wie oft kann man das denn bitte brauchen?«

»So gut wie nie«, meinte Cody. »Ich hab's nur gelernt, weil es mir so gut gefällt. Isländisch ist eine unglaublich melodische, fließende Sprache. Es fühlt sich an, als würde einem ein gluckernder Gebirgsbach über die Zunge rinnen …«

»Weißt du was?«, sagte Jace. »Du bist noch schräger drauf, als ich dachte.«

»Aus deinem Mund«, erwiderte sie, »will ich das mal als Kompliment auffassen.«

Hab ein Auge für die kleinen Freuden am Wegesrand

Mit dem Bus fuhren Ada und die anderen durch flaches Land. Unter dem geschmolzenen Winterschnee war graues Gestein zum Vorschein gekommen, und Gras, das sich noch nicht grün gefärbt hatte. Es war ein trostloser Anblick, besonders weil es kaum Bäume oder Büsche gab, nur bräunliche, felsige Wiesen.

Die Fahrt zur Hauptstadt dauerte etwa eine Stunde. Reykjavík hatte mehr Fläche als Baltimore, aber weniger Einwohner – entsprechend ruhig ging es auf den engen, gepflasterten Straßen zu, nur eine Handvoll Passanten war unterwegs. Trotzdem standen die Häuser im Zentrum dicht an dicht, viele davon in zarten Pastelltönen gestrichen, mal Grün, mal Gelb oder Rosa.

»Okay«, sagte Cody, während sie nacheinander aus dem Bus stiegen und sich auf dem Bürgersteig versammelten. »Bevor wir uns ein Boot suchen gehen, müssen wir noch zu *Bæjarins Beztu*. Ich bestehe darauf.«

»Wir müssen zu bitte was?«, hakte Jace nach.

»Zu *Bæjarins Beztu Pylsur*. Zu den besten Hotdogs der Stadt.«

Jace schaute sie skeptisch an. »Hotdogs? In Island?«

»Vertrau mir.«

Ada quittierte Jace' fragenden Blick mit einem Schulterzucken. Sie war noch nie in Island gewesen, Cody aber offensichtlich schon.

Und sie mussten sowieso etwas essen, also warum keine isländischen Hotdogs?

So folgten sie Cody durch verwinkelte Gassen zu einer modernen, mehrspurigen Schnellstraße am Wasser. Auf einem kleinen geteerten Platz etwas abseits davon versteckte sich ein winziges rot-weißes Gebäude, eigentlich eher eine Bude, mit ein paar Picknicktischen davor.

Jace traute der Sache immer noch nicht. »Das soll der beste Hotdog-Laden in ganz Island sein?«

»Wart's ab«, erwiderte Cody grinsend.

Ada gab ihr ein paar isländische Scheine von der Wechselstube am Flughafen und setzte sich an einen der Tische, während Cody an der Bude bestellte.

Jace ließ sich neben Ada sinken. »Meine erste Mahlzeit in einem fremden Land, und es sind … Hotdogs.«

»Hättest du dir was Exotischeres vorgestellt?«, fragte Ada. »Wir können uns auch ein Restaurant mit traditioneller isländischer Küche suchen, Schafskopf und fermentierter Hai und so …«

»Oh, äh, nein danke, nicht nötig.« Dann beugte Jace sich vor und senkte die Stimme. »Ist dir auch schon aufgefallen, dass es hier exakt null Schwarze gibt?«

»Und auch niemand mit asiatischen oder lateinamerikanischen Wurzeln …«, meinte Cody, die gerade gegenüber Platz nahm und drei Hotdogs auf den Tisch stellte.

Jace nickte. »Jetzt, wo du's sagst. Hier sehen wirklich alle aus wie Geschwister von Ada.«

»Was soll das denn jetzt heißen?«, fragte Ada.

»Blass, schmal und blond – das trifft auf ungefähr drei Viertel der isländischen Bevölkerung zu«, sagte Cody schulterzuckend.

»Ist doch logisch, dass es auf einer kleinen, abgelegenen Insel weniger Vielfalt gibt als in einem Riesenland wie den USA.«

Dann reichte sie Ada und Jace jeweils einen Hotdog. »*Verði þér að góðu*. Das heißt: ›Lasst es euch schmecken‹.«

Starr blickte Jace auf seinen Hotdog hinab, insbesondere auf die beiden Soßenstreifen, die sich längs über die Wurst zogen, einer weiß, der andere braun. »Äh … Was ist da drauf?«

»Püriertes Papageientaucherhirn«, antwortete Cody.

Jace sah sie entsetzt an.

Sie lachte. »Nur ein Scherz. Das Braune ist süßer Senf, das Weiße nennt sich *remolaði*. Das ist so eine Art Mayonnaise mit Pfiff. Probiers's einfach.«

Unter den gespannten Blicken der Mädchen biss Jace zögerlich in seinen Hotdog. Ein beinahe feierlicher Ausdruck legte sich auf sein Gesicht. Er kaute und schluckte.

»Das schmeckt echt … komisch.«

Cody lächelte. »Schon, oder?«

»Doch, es schmeckt nach Hotdog … und auch wieder nicht. Ich weiß nicht, wie ich es anders ausdrücken soll.«

»Wie wäre es mit: ›Herzlichen Dank, liebe Cody, dass du mich zu dieser fantastischen Imbissbude entführt hast. Fortan will ich deinen kulinarischen Empfehlungen stets blind vertrauen‹«, schlug Cody vor.

Jetzt biss auch Ada in ihren Hotdog. Ob sie wollte oder nicht, sie musste Cody recht geben. Das Ding war köstlich.

Ada hatte die Angewohnheit, sich so sehr auf die Mission zu konzentrieren, dass sie alles andere vernachlässigte. Ihr Vater hatte sie immer wieder daran erinnern müssen, wie wichtig es war, auch ein Auge für die vermeintlich unwichtigen Dinge am Wegesrand zu haben. Denn was wollte man in einem fremden Land, wenn man sich nie die Zeit nahm, ein bisschen was zu erleben? Gut, dass es nun wieder jemanden gab, der ihr das hin und wieder ins Gedächtnis rief.

»Jetzt bin ich irgendwie doch ganz froh, dass wir dich dabeihaben«, sagte Ada zu Cody.

Damit hatte Cody offenbar nicht gerechnet. »Wegen der Hotdogs?«

»Unter anderem«, meinte Ada. »Aber die Hotdogs sind das i-Tüpfelchen.«

Da lächelte Cody – ein verblüffend schüchternes Grinsen. Ada hätte nicht gedacht, dass sie sich besonders viel daraus machte, ob sie auf dieser Reise erwünscht war oder nicht. Aber vielleicht trog der Schein und Miss Fünfzehn-Fremdsprachen-und-perfektes-Haar war doch nicht nur arrogant.

Lass dein Team sein Ding machen

Nachdem Ada und die anderen ihre isländischen Hotdogs verspeist hatten, gingen sie hinüber zum Hafen. Dort machten sie einen Typen ausfindig, der sich bereit erklärte, sie in seinem kleinen Rennboot aufs Meer hinauszufahren. Es war ein Kerl mit langer blonder Mähne, fast so wie Thor aus den Kinofilmen, nur älter. Da er kaum Englisch konnte, führte Cody die Verhandlungen auf Isländisch.

Cody und der Kapitän mussten sich erst noch auf den Preis einigen, doch kurz darauf schossen sie in einem schmalen, schnellen Boot über das schwarze, gekräuselte Wasser. In der Stadt selbst war es nicht allzu kalt gewesen, aber hier draußen im eisigen Wind fühlte es sich merklich kühler an. Alle drei zerrten eine Jacke aus dem Gepäck, und Cody setzte sich zusätzlich eine runde Fellmütze auf.

Zunächst hielten sie sich dicht an der Küste, umrundeten so die Halbinsel Reykjanes und steuerten dann etwas weiter aufs Meer hinaus.

Cody musste brüllen, um den Motorenlärm zu übertönen. »Ich habe Kapitän Briem erklärt, wonach wir suchen. Er hat gesagt, südwestlich von der Hauptinsel liegt eine kleine Inselgruppe, und über der einen hat er in den letzten Tagen Helikopter kreisen sehen.«

»Hört sich gut an!«, rief Ada.

Eine ganze Weile lang zog zu ihrer Linken die felsige Küste Islands vorüber, während zu ihrer Rechten nichts als dunkles Wasser lag – bis dort endlich ein paar kleinere Inseln auftauchten. Ada holte das Fernglas aus ihrem Rucksack, um sie sich genauer anzuschauen. Eine Insel fiel ihr besonders auf, sie war noch mickriger als die anderen und lag ein Stück abseits. Vielleicht hätte Ada das unscheinbare Fleckchen Erde sogar übersehen, wären nicht die beiden großen schwarzen Helikopter gewesen, die dort direkt neben einer einzelnen Hütte standen.

»Da muss es sein.« Ada reichte das Fernglas an Jace weiter und deutete auf die Insel.

»Yo, sieht so aus. Laufen ja auch nur vier agentenmäßige Anzugträger drauf herum …«

»Stimmt. Sie haben's anscheinend aufgegeben, das Ganze geheim zu halten«, erwiderte Ada.

»Was denkst du, was die da wollen?«, fragte Jace.

»Wahrscheinlich nach Spuren suchen, so wie wir.«

»Und warum sollten ausgerechnet wir etwas finden, was die nicht finden?«

Dafür fing er sich einen beleidigten Blick von Ada ein. »Ich habe mein halbes Leben damit verbracht, solche Typen auszumanövrieren. Die denken alle viel zu sehr wie Beamte und viel zu wenig wie ein Dieb. Glaub mir, ich werde da einiges entdecken, auf das die nicht mal im Traum kämen.«

»Okay, gut. Aber wie sollen wir an ihnen vorbeikommen?«, fragte Jace. »Die werden kaum damit einverstanden sein, dass sich ein paar dahergelaufene Kids mal eben ein bisschen umschauen …«

Cody streckte die Hand aus. »Kann ich mal sehen?« Jace reichte ihr das Fernglas, und nachdem sie die Insel ein paar Minuten lang beobachtet hatte, lächelte Cody. »Alles klar. Das kriege ich hin.«

»Wie denn?«, sagte Jace.

»Mit einem Ablenkungsmanöver. Ich locke sie weg von der Hütte, währenddessen schleicht ihr beide euch rüber und guckt euch nach euren Spuren um.« Cody wandte sich an Ada. »Du hast doch noch ein paar Scheine dabei? Kapitän Briem wird mir helfen müssen, und ich schätze, das wird teuer.«

»Geld ist kein Problem«, erwiderte Ada. »Aber bist du dir ganz sicher, dass du das schaffst?«

»An Fassaden rumklettern, einen Gefängnisausbruch planen oder Computer hacken, damit kann ich nicht dienen – aber ich kann definitiv ein Rudel Agentenmachos ablenken. Die Hotdogs waren erst der Anfang. Jetzt zeige ich euch, warum ihr wirklich froh sein könnt, mich dabeizuhaben.«

Ada war immer noch nicht hundertprozentig überzeugt, dass sie Cody trauen konnte. Aber hatte sie ihr bisher denn die Chance gegeben, sich zu beweisen?

»Also gut«, sagte Ada. »Die Bühne gehört dir. Sag uns, was wir machen sollen.«

Alt ist nicht gleich veraltet

Cody musste einen langen isländischen Wortschwall loslassen und mit einem Haufen Bargeld vor Kapitän Briems Nase herumwedeln, doch schließlich willigte er in ihren Plan ein. Er steuerte die abgelegene Seite der Insel an, und zwar genau so, dass das Rennboot durch die Hütte von den Helikoptern abgeschirmt wurde und nicht zu sehen sein sollte.

Am Heck war ein sorgfältig vertäutes Beiboot untergebracht. Ada und Jace ließen es zu Wasser und stiegen vorsichtig ein. Sobald sie beide saßen, winkte Ada dem Kapitän. Mit einem Nicken gab er Gas und steuerte das Rennboot mit Cody an Bord wieder auf die andere Seite der Insel.

Das Beiboot war winzig, eine Nussschale aus Glasfaser, kaum groß genug für zwei Personen. Es hatte nicht mal einen Außenbordmotor, stattdessen lag darin ein Paar Ruder bereit. Ada und Jace mussten zwar nicht weit paddeln, doch wegen des unheimlich unruhigen Wassers dauerte es trotzdem fast zehn Minuten, bis der Rumpf knirschend auf dem schwarzen Sand aufsetzte.

»Uff«, sagte Jace, als sie ausstiegen. »Das war deutlich anstrengender, als ich gedacht hätte.«

Mit vereinten Kräften zogen sie das Beiboot an Land, damit es nicht von den Wellen davongetragen wurde, und hockten sich in den kühlen Sand. Jetzt konnten sie nur noch auf Codys Zeichen warten.

»Täusche ich mich oder vertraust du ihr langsam immer mehr?«, fragte Jace.

»Mal sehen«, meinte Ada.

»Soll das heißen, wenn das hier glattläuft, wirst du ihr vertrauen?«

»Dann werde ich ihr jedenfalls zutrauen, sich ab und zu nützlich zu machen.«

»Weißt du, was ich glaube? Ihr zwei habt so ein Rivalitätsding am Laufen. So wie Goku und Vegeta.«

»Was bitte ist ein Goku?«

Jace war schockiert. »Du kennst *Dragon Ball* nicht? *Dragon Ball!?*«

Ada schüttelte den Kopf.

»Okay, ist ja auch nur der beste Action-Anime aller Zeiten … Sorry, aber wenn wir das hier hinter uns haben, müssen wir uns wirklich *alle* Folgen ansehen! Also außer *GT*. Die Mistserie hätte es echt nicht gebraucht.«

Wenn wir das hier hinter uns haben … Ada hatte keine Ahnung, wo sie dann sein und was sie dann machen würde. Könnte sie an die Springfield zurückkehren? Wollte sie das überhaupt? Und wenn nicht, würde sie einfach in der Welt herumreisen und versuchen, Aufträge an Land zu ziehen, so wie früher mit ihrem Dad? Dann wäre sie dabei jedoch allein, und das, hatte sie das Gefühl, würde nicht annähernd so viel Spaß machen.

Währenddessen steigerte sich Jace immer weiter in seine Rivalitätstheorie hinein.

»Oh ja, ihr zwei seid eindeutig Rivalinnen. Sicher, ihr versteht euch nicht unbedingt prächtig, doch die Stärken der jeweils anderen flößen euch Respekt ein, und so stachelt ihr euch gegenseitig dazu an, immer besser zu werden …«

»Codys Stärken flößen mir Respekt ein? Weiß nicht.«

»Das mit den fünfzehn Sprachen scheint dich schon beeindruckt zu haben.«

»Okay, meinetwegen.«

»Und was, wenn sie das hier hinkriegt?«

»Dann ist sie wohl nicht komplett nutzlos.«

Jace lächelte zufrieden. »Ein typisches Rivalinnen-Statement.«

Von der anderen Seite der Insel drang ein schriller Schrei herüber.

»Das Zeichen.« Ada zückte das Fernglas, während sie auf die Hütte zueilte und sich an deren Rückseite entlangschob, bis sie das Rennboot im Blick hatte. Es schaukelte ungefähr drei Meter vor dem Ufer, etwas zu nah für ihren Geschmack, so seicht, wie das Meer hier war. Cody war ins Wasser gesprungen und paddelte nun hysterisch und unter lautem Platschen zum Strand. Ada fröstelte. Da drinnen war es bestimmt eisig kalt.

An Land wandten sich alle der Lärmquelle zu, während Cody bereits auf den Sand stolperte. Sie sprach Isländisch, doch selbst wenn die Agenten kein Wort davon verstanden, wäre Codys Panik nicht zu übersehen gewesen. Sofort eilten sie zu ihr und taten ihr Bestes, sie zu beruhigen.

»Und los«, sagte Ada.

Jace und sie huschten auf die andere Seite der Hütte. Währenddessen tischte Cody den Agenten ein rührendes Märchen auf – ihr armer »Papa« habe an Bord das Bewusstsein verloren und ob sie ihm nicht bitte, bitte irgendwie helfen könnten? Es war die uralte Geschichte vom unschuldigen Mädchen, das sich in seiner Not an die tapferen Ritter wendet. Ja, die Story war dermaßen alt, dass Ada nur über die Agenten staunen konnte. Denn die fielen tatsächlich darauf herein.

»Mann, die sollte Schauspielerin werden«, flüsterte Jace, als sie sich an die offen stehende Hüttentür herantasteten. »Ich nehm's ihr selber fast ab, obwohl ich weiß, dass es Quatsch ist.«

Da musste Ada ihm recht geben. Schluchzend und mit zittriger Stimme brabbelte Cody in gebrochenem Englisch vor sich hin. Sie strahlte wahre Verzweiflung aus. Ja, mit einem so überzeugenden Auftritt konnte man selbst einer uralten Geschichte neues Leben einhauchen.

Doch darüber konnte Ada jetzt nicht länger nachdenken. Cody hatte ihnen rund zehn Minuten versprochen, mehr nicht. Ada musste das Maximum herausholen.

Als Erstes war die Eingangstür dran.

»Ist das ein Magnetschloss?«, fragte Jace.

Ada nickte. »Kann man nicht knacken.«

»Vielleicht hat der Dieb irgendwem den Schlüssel abgenommen?«

»Eher einfacher: Er hat gewartet, bis jemand rausgekommen ist. Die Wachen haben garantiert in Schichten gearbeitet. Man beobachtet sie ein paar Tage und schon hat man den Rhythmus raus.«

»Okay, aber wie soll man diese Hütte ›ein paar Tage beobachten‹, ohne dabei gesehen zu werden?«, wandte Jace ein. »Hier gibt's nichts als Sand und Wasser. Also wirklich *nichts*.«

»Hmm. Wo du recht hast … weiß auch nicht. Aber wir müssen weiter.«

Innen war die Hütte gemütlich, aber nicht gerade vornehm eingerichtet. Zwei Betten, eine Kochnische. Und auf dem Boden zwei Kreideumrisse in Menschenform.

»Die Wachen?«, fragte Jace.

»Schätze, ja.«

Für einen Moment blieb sein Blick an den weißen Silhouetten hängen. »Als ihr noch so unterwegs wart, du und dein Dad, habt ihr da auch mal … du weißt schon, wen umgebracht?«

»Niemals. Mein Vater würde nie einen Menschen töten.«

Jace war sichtlich erleichtert. »Okay, cool. Weil, also ich hacke mich ja für mein Leben gern irgendwo rein, aber als ich damals das Stromnetz in Baltimore lahmgelegt habe … Ich bin überhaupt nicht drauf gekommen, dass da auch ein Krankenhaus dranhing.«

»Aber die haben doch Notstromaggregate, oder?«

»Klar, und es ist ja auch alles gut gegangen. Aber was, wenn das Notstromaggregat nicht funktioniert hätte? Dann hätte ich jetzt vielleicht Menschen auf dem Gewissen, verstehst du? Und das wäre einfach nur …« Er starrte auf die Umrisse hinab, als hätten dort seine Opfer gelegen.

Ada berührte ihn an der Schulter. »Alles in Ordnung, Jace. Kein Wunder, dass du dir Gedanken machst, aber es ist nichts passiert. Wegen deiner Aktion ist niemand gestorben. Und jetzt bist du schlauer als damals. Du musst dich deswegen nicht so fertigmachen.«

Er schüttelte sich wie nach einem bösen Traum. »Stimmt schon. Klar. Okay, wie weiter?«

»Die Falltür.« Neben der offenen Luke ging Ada in die Hocke, um das Schließsystem zu untersuchen. »Ein Netzhautscanner? Ach Gott. In welchem Jahrzehnt leben die?«

»Ich dachte, so biometrischer Kram wäre ziemlich sicher«, meinte Jace.

»Man muss sich nur das Auge einer zugangsberechtigten Person ausdrucken.«

»Jetzt willst du mich doch veralbern.«

»Nee. Die Aufnahme der Netzhaut muss eine Auflösung von mindestens 75 Megapixel haben, und beim Druck dürfen es nicht weniger als 1200 dpi sein. Aber wenn man das liefern kann, fällt der Scanner drauf rein.«

»Okay, das ist schon eine ziemlich hohe Auflösung«, sagte Jace. »Man müsste schon riiichtig nah an das Auge heran, um es so zu knipsen. Wie soll man das machen, wenn man keinen Verdacht erregen will?«

»Und wenn es das Foto schon gab? Oder unser Dieb hat sich in eine Datenbank mit Netzhautaufnahmen gehackt, um es sich zu besorgen.«

»Na, solange er nicht irgendwem das Auge ausgerissen hat ...«

»So was gibt's nur im Film«, beruhigte Ada ihn. »Würde man das in Wirklichkeit versuchen, wäre es gar nicht so leicht, den Augapfel nicht sofort schwer zu beschädigen. Und selbst wenn man das hinbekommen sollte, würde sehr bald der natürliche Verfall einsetzen. Sicher könnte man das Ding in Eis packen, um ihn aufzuhalten, doch bei Temperaturen unter null könnte sich wiederum die Netzhaut so stark verzerren, dass der Scanner sie nicht mehr erkennt ...«

Erst jetzt fiel ihr Jace' entsetzter Blick auf. Ada räusperte sich und spürte, wie ihr die Schamesröte ins Gesicht stieg. Wenn sie so tief in methodische Überlegungen zu einem bestimmten Problem eintauchte wie jetzt, vergaß sie manchmal, dass es immer noch um echte Menschen ging.

»Egal«, sagte sie, »gehen wir runter.«

»Okay ...«, murmelte Jace, immer noch leicht verstört.

Über eine Leiter gelangten sie in einen bunkerartigen Raum. Am anderen Ende lag eine Tür, und in die Betonwände waren

Lüftungsschlitze eingelassen. Ein System zum Schutz vor Giftgasangriffen? Neben der Tür war ein Mikrofon angebracht.

»Stimmerkennung«, stellte Ada ernüchtert fest.

»Lass mich raten. Man braucht nur eine Aufnahme davon, wie eine zugangsberechtigte Person das Passwort aufsagt.«

»Wohl eher die Passphrase, ein einzelnes Passwort dürfte kaum reichen. Aber nein, es ist noch schlimmer. Man braucht nur genügend beliebige Stimmaufnahmen der Person. Aus den verschiedenen Tonspuren kann man dann locker die Passphrase zusammenbasteln.«

»Dann wäre aber immer noch die Frage, woher der Dieb diese Passphrase hier überhaupt kannte.«

»Korrekt.«

Hinter der Tür befand sich ein kleiner, kugelsicherer Glaskasten mit Fingerabdruckscanner.

»Okay, dass man so einen Fingerabdruck faken kann, das weiß sogar ich«, meinte Jace. »Gab's da nicht so einen Japaner, der das mit einem Gummibärchen hinbekommen hat?«

»Der Mann heißt Tsutomu Matsumoto«, sagte Ada geistesabwesend. »Und es war selbst angerührte Gelatine. Aber trotzdem, es kommt ungefähr auf dasselbe raus.«

Viel interessanter als den Scanner fand Ada den Inhalt des Glaskastens. Das alte *Metroid*-Modul, das Pendleton erwähnt hatte, lag immer noch hinter der Scheibe. Mit schwarzem Marker hatte jemand darauf geschrieben: *Für Remy*.

»Hmm …«, machte Ada.

Jace horchte auf. »Hast du was?«

»Weiß nicht … Die Handschrift kommt mir bekannt vor, aber ich weiß einfach nicht, woher.«

»Na, du hast gesagt, dass es wahrscheinlich ein Bekannter von deinem Dad war. Kann doch gut sein, dass du die Schrift schon mal gesehen hast.«

»Ja, schon. Aber mir fällt dazu leider niemand Konkretes ein. Und mein Dad kennt einen Haufen Leute, denen ich so ein Ding zutrauen würde.«

Einen Moment lang betrachteten sie beide schweigend das Videospiel.

»Und, schon eine von deinen verborgenen Spuren entdeckt?«, fragte Jace dann. »Du weißt schon, wenn du denkst wie ein Dieb und so?«

»Ich lach mich tot«, sagte Ada.

»Was dagegen, wenn ich kurz was ausprobiere?«

»Nur zu.«

Er öffnete seinen Rucksack und holte den Geigerzähler heraus.

»Warum hast du das Ding denn mitgeschleppt?«

»Weil es doch irgendeine Rolle spielen muss. Oder? Irgendwer hat sich richtig reingehängt, um dir das Teil zukommen zu lassen. Es geht mir nicht aus dem Kopf.«

Jace schaltete den Geigerzähler ein. Als er ihn neben das *Metroid*-Modul hielt, machte die Nadel auf der Anzeige einen Sprung nach oben und ein Klicken ertönte. Das Gerät registrierte Spuren radioaktiver Strahlung. Nicht in gefährlichem Ausmaß, sondern eigentlich kaum messbar. Aber sie war da.

»Oh, Mann!«, rief Jace. »Ich glaube, ich weiß jetzt, wie es gelaufen ist!«

»Sag schon«, drängelte Ada.

»Ja, genau …« Er hielt den Geigerzähler vor den Türknauf. Wieder schlug die Nadel ein kleines bisschen aus. »Ja, so war's …«

Dann ging er weiter, zur Leiter. Auch hier wurde eine geringe Menge radioaktiver Strahlung angezeigt. »Es stimmt wirklich. Mann, Mann, Mann!«

»Jetzt sag schon!«

»Sorry. Sorry. Komm mit …«

Jace kletterte durch die Luke zurück nach draußen, Ada folgte ihm. Oben angekommen, zeigte Jace auf die Eingangstür mit dem Magnetschloss.

»Ich hatte mich doch gefragt, wie die Diebe die Wachen ausspioniert haben, um hinter den Schichtplan zu kommen.«

»Ich weiß. Du hast ja recht, hier kann man sich nirgends verstecken.«

»Genau, so habe ich das gemeint. Aber was habe ich *gesagt*? Dass es hier ›nichts als Sand und Wasser‹ gibt. Und weißt du was? Im Wasser kann man sich sogar sehr gut verstecken.«

»Das wäre aber auf Dauer viel zu kalt für eine Überwachungsaktion. Selbst im Neoprenanzug.«

»Klar. Aber in einem U-Boot?«

Ada glotzte ihn an. Sie hatte endlich begriffen, was er ihr sagen wollte. »Die Strahlungsrückstände stammen von jemandem, der sich länger in der Nähe des Kernreaktors eines Atom-U-Boots aufgehalten hat.«

»Während er die Wachen mit dem Periskop ausgespäht hat.«

»Auf die Art sind die Diebe auch unbemerkt hierher und wieder weggekommen. In einem U-Boot.« Ada runzelte die Stirn. »Und ein U-Boot aufzuspüren – das ist unmöglich.«

Jace lächelte sie an. »Ach, was ist schon unmöglich …«

Geduld ist Pflicht

Gerade noch rechtzeitig schlichen sich Ada und Jace zum Beiboot. Hinter der Hütte versteckt, warfen sie noch einen Blick um die Ecke – die Agenten kehrten gerade mit stolzgeschwellter Brust auf ihre Posten zurück, überaus zufrieden mit der geglückten Rettung von Codys »Vater«. Offenbar hatte auch Kapitän Briem in der Rolle des Bewusstlosen überzeugen können.

Der Bootsmotor heulte auf, und in einem besonders weiten Bogen fuhr Kapitän Briem hinüber auf die andere Seite der Insel. Sonst hätte man sich womöglich denken können, dass er dort noch zwei Passagiere aufgabeln wollte.

Wieder an Bord, blickten Ada und Jace in Codys gespanntes Gesicht. »Und? Ich hoffe, es hat sich gelohnt.«

Ada sah Jace an. »Was meinst du?«

Er nickte. »Bringt mich irgendwohin, wo es Internet gibt. Dann werde ich euch bald sagen können, in welche Richtung das U-Boot abgedampft ist.«

Cody machte große Augen. »Die sind im U-Boot abgehauen?«

»Sieht ganz danach aus«, sagte Ada.

»Und wie seid ihr darauf gekommen?«

»Der Geigerzähler hat geringe Mengen radioaktiver Strahlung registriert, Rückstände von …«

»Okay, spar dir den Nerd-Vortrag«, fiel Cody Ada ins Wort. »Mir ist superkalt, und ich bin gerade wirklich nicht in der Stimmung, also will ich mal nicht so sein und dir einfach glauben.«

Die Rückfahrt die Küste entlang nach Reykjavík verbrachten sie schweigend. Für ein paar Minuten brach die Sonne durch die schwere graue Wolkendecke und tauchte das Meer in ein dunkles Blaugrün, spendete aber kaum Wärme. Die arme durchnässte Cody bibberte immer noch so stark, dass Jace ihr seine Jacke gab. Sie zog sie schnell über ihre eigene.

Erst mit der Abenddämmerung trafen sie wieder in der Hauptstadt ein, wo sie sich für die Nacht eine Jugendherberge suchten. Ada war schon länger nicht mehr in einem solchen Hostel gewesen, aber eigentlich unterschied sich die Ausstattung dort nicht wesentlich von der in der Springfield Military Reform School: enge Zimmer mit Etagenbetten, Gemeinschaftswaschräume, eine große Küche für alle, ein Aufenthaltsraum. Nur Wachen, Aufsichten und Geheimagenten waren hier natürlich nirgendwo zu entdecken. So gesehen war es also doch ein klarer Schritt in die richtige Richtung.

Und im Aufenthaltsraum gab es sogar ein paar Computer.

»Kannst du mit denen was anfangen?«, fragte Ada.

Jace inspizierte die altersschwach röchelnden PCs. In seinen Augen leuchtete die Vorfreude und er lockerte die Finger. »Die sind wunderbar.«

»Was hast du genau vor?«, wollte Cody wissen.

Jace setzte sich an einen der Computer und öffnete die Kommandozeile, während er sagte: »Du weißt doch, dass China sozusagen ein eigenes Internet hat?«

Cody nickte. »Habe ich schon mal von gehört, glaube ich. Das ist wie das Internet im Rest der Welt, nur abgetrennt davon, oder?«

»Es ist nicht wirklich wie im Rest der Welt, weil es komplett von der chinesischen Regierung kontrolliert wird«, gab Jace zurück. »Und es ist auch nicht hundertprozentig abgetrennt davon. Jedenfalls wenn man mehr als nur ein bisschen Ahnung hat, wie man in Netzwerke eindringt.«

»So wie du«, meinte Ada.

Jace strahlte. »So wie ich.«

»Und was soll uns das genau bringen?«, fragte Cody.

Seine Finger flitzten über die Tastatur. In der Kommandozeile erschienen erste Befehle. »Ich will euch wirklich nicht mit einem Vortrag über Firewalls, Proxy-Filter, VPNs und so weiter langweilen …«

»Das weiß ich zu schätzen«, sagte Cody.

Jace wirkte enttäuscht, als hätte er doch ein klitzekleines bisschen Lust verspürt, sich über all diese Themen auszulassen. Dann nickte er. »Was ich sagen will: Auf der anderen Seite der Chinesischen Firewall hat die dortige Regierung einen Haufen Überwachungstechnik am Start, an der sie den Rest der Welt aber irgendwie nicht teilhaben lassen will. Unter anderem ein Satellitensystem, mit dem man per Laser U-Boote ausfindig machen kann.«

Cody sah ihn an. »Per Laser?«

»Natürlich nicht mit einem Ich-jage-alles-in-die-Luft-Laser wie bei *Star Wars*«, erläuterte Jace. »Es handelt sich um ultrahelle Lichtstrahlen, die bis tief ins Meer dringen. Und wenn sie da unten auf irgendetwas treffen, auf ein Korallenriff oder ein U-Boot zum Beispiel, werden sie in Form von Impulsen zurückgeworfen, aus denen sich berechnen lässt, um was für ein Objekt es sich handelt.«

»Lichtstrahlen werden zur Ortung verwendet, so wie Fledermäuse Schallwellen nutzen«, sagte Ada. »Richtig?«

»Im Prinzip ja. Und außerdem strahlt von so einem U-Boot wahnsinnig viel Hitze ab, wegen des Kernreaktors. In mehr als hundert Metern Tiefe verteilt sich diese Wärme schnell, aber unsere Leute wollten ja die Wachen ausspionieren, deswegen müssen sie mindestens ein paar Tage dicht an der Oberfläche verbracht haben. Zuerst gucken wir uns also nach der Wärmesignatur um, dann schauen wir in den Daten vom Lasersystem nach, in welche Richtung sie abgehauen sind.«

»Und?« Mit großen Augen starrte Cody auf den Monitor. »Hast du schon was?«

Jace hielt im Tippen inne und blickte sie über die Schulter an. »Bei so was darf man nichts überstürzen. Oder wollt ihr, dass spätestens morgen um sechs die chinesische Regierung vor der Hosteltür steht?«

»Äh … muss nicht sein«, erwiderte Cody.

»Dann sollte ich vorsichtig vorgehen und meine Spuren gründlich verwischen. Und das dauert.«

»Sorry. Ich wollte dir keinen Stress machen.«

Ada konnte Codys Ungeduld gut nachvollziehen, doch sie hatte genug Ahnung vom Hacken und Coden, um zu wissen, dass Jace sich tausendmal besser auskannte. Sie konnten ihm nicht helfen.

»Komm, lassen wir ihn machen und besorgen wir lieber was zu essen«, schlug sie vor.

»Bringt mir einfach was mit.« In schwindelerregender Geschwindigkeit flogen Jace' Finger über die Tasten.

»Was darf's sein: Schafskopf oder fermentierter Hai?«, erkundigte Ada sich.

»Haha«, machte er nur, den Blick fest auf den Bildschirm geheftet.

Betrachte jede Frage aus allen möglichen Blickwinkeln

Nach Sonnenuntergang herrschte auf den Straßen Reykjavíks gähnende Leere. Ob es daran lag, überlegte Ada, dass die Urlaubssaison vorbei war und die nächste noch nicht begonnen hatte? Oder gingen die Leute einfach selten aus? Als Cody und sie an einer Bar vorbeikamen, hörten sie Musik aus dem Inneren, und ein paar Restaurants hatten noch geöffnet, doch ansonsten war es still.

»Übrigens«, sagte Cody. »Ich habe über dieses Geigerzählerding nachgedacht.«

»Und?« Insgeheim hoffte Ada, dass sie sich nicht nach der Technik dahinter erkundigen würde. Die könnte sie ihr niemals so anschaulich erklären, dass sie es auch verstehen würde.

Doch Cody ging das Ganze anders an: »Wäre Jace auch ohne diesen Zähler darauf gekommen, dass wir nach einem U-Boot suchen müssen?«

»Gute Frage. Eher nicht.«

»Das heißt, die Person, von der ihr das Ding habt, wollte, dass ihr darauf kommt. Also, wer könnte es sein?«

»Der Dieb nicht«, erwiderte Ada. »Ein echter Dieb legt höchstens eine falsche Spur.«

»Die US-Behörden wohl auch nicht«, meinte Cody. »Wenn sie dir helfen wollen würden, hätten sie uns nicht die zwei Agenten auf den Hals gehetzt. Was ist mit diesem Schukov-Russen, der uns am Flughafen unter die Arme gegriffen hat?«

»Der könnte es sein … Aber wenn er schon von dem U-Boot gewusst hätte, könnte er es vermutlich auch ohne uns ausfindig machen. Was Jace kann, kann auch eine Armee russischer Hacker. Und wenn das so wäre, was soll Schukov dann noch von uns wollen?« Ada zog die Stirn kraus. »Andererseits ist eben immer noch nicht geklärt, wieso er sich die Mühe gemacht hat, uns zu helfen …«

Cody nickte. »Darauf will ich ja hinaus – verstehst du? Ich meine: Warum sollte uns *irgendwer* helfen? Was haben die davon?«

Nicht zum ersten Mal war Ada überrascht von Cody, und wenn sie ehrlich war, auch ein wenig beeindruckt. Von Technik verstand Cody nicht viel, doch dafür verstand sie die Menschen. Wie sie tickten. Ada fiel ein, was Jace neulich gesagt hatte – dass Cody und sie Rivalinnen seien, die sich gegenseitig dazu anstachelten, immer besser zu werden. Möglicherweise hatte er damit nicht ganz falschgelegen.

»Keine Ahnung, warum uns irgendwer helfen sollte, den Schlüssel zu finden«, sagte Ada. »Statt sich das Ding einfach selbst zu krallen.«

»Sehe ich genauso«, meinte Cody. »Und ich kann's nicht leiden, wenn etwas aus einem Blickwinkel so gar keinen Sinn ergibt. Das riecht nach einer Falle.«

»Aber dann hätten wir doch wieder dasselbe Problem: Wer sollte uns eine Falle stellen? Und warum?«

»Ich weiß es nicht. Aber trotzdem, im Moment übersehen wir irgendetwas. Etwas Großes.«

Ada und Cody besorgten dreimal Fish and Chips zum Mitnehmen

und kehrten zum Hostel zurück. Dort blickte Jace ihnen bereits ungeduldig entgegen, die Augen weit aufgerissen.

»Ich hab's!«, stieß er hervor, kaum dass sie sich zusammen an einen der großen Tische in der Küche gesetzt hatten.

»Du hast das U-Boot gefunden?« Ada biss in ein dickes Stück frittierten Fisch. Es war deutlich bröseliger und weniger fettig als die übliche britische Variante.

»Jepp.« Statt fortzufahren, schaufelte Jace sich mehrere dicke Pommes in den Mund. Dann lehnte er sich wohlig seufzend zurück. »Junge, hatte ich einen Hunger.«

»Und?«, drängelte Cody. »Wo ist das U-Boot hin?«

»Tja, was das angeht, bin ich mir nicht ganz sicher«, antwortete er. »Erst ist es nach Südosten. Im Atlantik habe ich es für eine Weile aus den Augen verloren, doch indem ich seinem ursprünglichen Kurs gefolgt bin, konnte ich die Spur vor der Westküste Irlands wieder aufnehmen. Es muss ziemlich dicht an der Oberfläche unterwegs gewesen sein, denn da war eine gigantische Wärmesignatur, die bis an die Küste herangefahren ist. Aber dort ist sie einfach … verschwunden.«

»Verschwunden?«, fragte Cody.

»So sah's jedenfalls aus.«

»Und wenn sie einfach kurz vorm Ufer den Reaktor abgeschaltet haben?«, warf Ada ein.

Jace schüttelte den Kopf. »Nee, dann wäre die Hitze erst nach und nach zurückgegangen. Das war schlagartig. Sie war da – und plötzlich nicht mehr.«

»Soll heißen, sie haben das U-Boot irgendwie abgeschirmt?«, sagte Cody.

Jetzt nickte er. »Frag mich nicht, wie, aber … ja.«

Ada wurde nachdenklich. »Wo genau vor der irischen Küste ist es verschwunden?«

»Ich kenne mich in Irland nicht so gut aus, aber den Kartendaten zufolge war es der Küstenstreifen zwischen den Orten Doolin und Liscannor.«

Da atmete Ada tief ein. »Die Cliffs of Moher.«

»Wie war das?«, fragte Jace.

»Das ist unser nächstes Reiseziel.«

Für einen Dieb macht sich Beliebtheit selten bezahlt

Rund zweieinhalb Stunden dauerte der Flug von Keflavík nach Dublin, und die Zeitverschiebung betrug nur eine Stunde. Bis zu diesem Punkt hielten sich die Reisestrapazen in Grenzen – nur leider waren Ada und die anderen damit noch lange nicht an den Cliffs of Moher angekommen. Zuerst mussten sie den Bus vom Flughafen zum Dubliner Hauptbahnhof nehmen, dann noch mal zweieinhalb Stunden lang mit dem Zug quer durchs Land nach Galway gondeln, und von dort aus würde sie ein weiterer Bus zur Steilküste bringen.

Nachdem sie sich im überteuerten Flughafensupermarkt mit Proviant eingedeckt hatten, gingen sie zur Haltestelle des Bus-Shuttles.

»Ich fasse es nicht. Die Iren packen ernsthaft Chips *ins* Sandwich *rein*«, meinte Jace, der selig mampfte und schmatzte. »Und ich kann außerdem nicht fassen, dass da sonst niemand drauf gekommen ist.«

»Dann wart mal ab, bis du dein erstes *full Irish breakfast* serviert bekommst«, erwiderte Cody. »So viel Zeit muss doch sein. Oder, Ada?«

»Ja, klar. Schätze, wir müssen sowieso in Galway im Hostel übernachten, bevor es dann morgen zu den Klippen geht …«

Ada verstummte. Ihr Blick war an einem Mann hängen geblieben, der gerade den Flughafen verlassen hatte. Es war ein schmaler

Chinese mit zurückgegelten Haaren – Ms. Wangs Begleiter im Hochsicherheitsgefängnis.

»Leute …«, flüsterte Ada.

Ein weiterer Chinese im schwarzen Geschäftsanzug und mit Sonnenbrille gesellte sich zu ihm. Die beiden unterhielten sich mit ernster Miene.

Entdeckt hatten sie Ada anscheinend noch nicht, doch der Bus würde erst in ungefähr zehn Minuten eintreffen. So lange durften sie auf keinen Fall hier herumstehen wie auf dem Präsentierteller.

»Wisst ihr was, Leute?« Ada machte ein fröhliches Gesicht. »Wir gönnen uns ein Taxi.« Damit schob sie die anderen in Richtung Taxistand.

»Da sage ich nicht Nein«, meinte Cody aufrichtig begeistert. »Ganz ehrlich, ich hasse Busfahren.«

Nur Jace wurde stutzig. »Hast du nicht gesagt, wir dürfen nicht zu viel Geld ausgeben?«

Ada stellte sich so hin, dass Jace zwischen ihr und den Chinesen stand. Zum Glück war er größer und breiter als sie selbst.

»Nicht umdrehen«, murmelte sie, »aber ich glaube, da drüben sind zwei Agenten vom chinesischen Geheimdienst. Und wir müssen davon ausgehen, dass sie hinter uns her sind.«

»Was?« Jace' Kopf zuckte, als hätte er sich um ein Haar trotzdem umgedreht.

»Hast du ja super hingekriegt, du Hacker-Pro«, sagte Cody.

»Das kann ich nicht gewesen sein«, entgegnete er. »Ich habe meine Spuren gründlich verwischt. Und selbst wenn sie meine Aktionen irgendwie zu unserem Hostel zurückverfolgt hätten, woher sollten sie wissen, wo wir jetzt sind?«

»Kann ich dir nicht sagen«, meinte Ada. »Aber den einen erkenne ich eindeutig wieder. Der war mit Ms. North, Schukov und den anderen bei meinem Dad im Gefängnis.«

»Und wenn er uns helfen will?«, schöpfte Jace leise Hoffnung. »So wie Schukov?«

Ada schüttelte den Kopf. »Er hat kaum den Mund aufgemacht, aber seine Chefin, eine Ms. Wang, konnte mich offensichtlich nicht leiden.«

»So oder so sollten wir die beiden nicht auf uns aufmerksam machen«, fasste Cody zusammen.

Sie konnten von Glück sagen, dass an den Taxis kaum jemand anstand, so waren Ada und die anderen ein paar Minuten später bereits unterwegs zum Hauptbahnhof. Auf der Fahrt entdeckten sie keine weiteren Agenten mehr, und am Bahnhof angekommen, bestiegen sie schnell den Zug nach Galway.

Als die Waggons sich in Bewegung setzten, lehnte Jace sich auf seinem Sitz zurück und lächelte erleichtert. »Anscheinend sind wir ihnen noch mal entwischt.«

»Wer weiß«, widersprach Ada. »Und solange wir keine Ahnung haben, wie sie uns gefunden haben, kann uns das jederzeit wieder passieren.«

»Hm«, machte Jace, dessen Erleichterung im Nu verflogen war. »Stimmt leider.«

Da meldete sich Cody zu Wort. »Könnte aber genauso gut sein, dass sie gar nicht nach uns gesucht haben.«

»Wie meinst du das?«, fragte Ada.

»Vielleicht haben sie selbst rausgekriegt, wo das U-Boot hin ist. Wo wir's doch anhand *ihrer* Daten herausgefunden haben.«

»Aber wenn sie längst wussten, wo es ist, warum machen sie sich dann erst jetzt auf den Weg?«, wandte Ada ein.

Auch darauf hatte Cody eine Antwort: »Und wenn sie keine Ahnung hatten, wonach sie suchen sollten, bis Jace sie aus Versehen mit der Nase drauf gestoßen hat?«

»Nee«, protestierte Jace. »Nee. Ich schwör's euch, ich bin da rein wie ein Ninja.«

»Red dir das nur ein«, erwiderte Cody. »Ich muss übrigens mal.«

Erst als sie in Richtung Zugtoilette verschwunden war, tätschelte Ada Jace die Hand. »Stress dich nicht. *Nobody's perfect.*«

»Hm«, brummte er.

Jace war offenbar immer noch skeptisch, doch Ada fiel schlicht keine andere Erklärung ein, wie ihnen die Chinesen auf die Schliche gekommen sein könnten. Und in jedem Fall mussten sie ab sofort besonders vorsichtig sein.

Manchmal empfiehlt es sich, einfach die Kurve zu kratzen

Nach der trostlosen Endzeitlandschaft Islands fühlte man sich in der irischen Natur wie in einem Paradies aus grüner Farbe. Der Zug ratterte durch sanft gewellte, mit prächtigen Bäumen bewachsene Hügel. Dazwischen lagen kleine Städte, eigentlich eher Dörfer, bestehend aus ein paar wenigen Straßen, und hübsche Höfe mit Herden flauschig weißer Schafe.

Schwer vorstellbar, dass in diesem so friedlich wirkenden Land früher einmal so viel Gewalt geherrscht hatte. Doch Adas Vater hatte ihr vom Nordirlandkonflikt erzählt, dem ewig langen, oft blutig ausgetragenen Konflikt um die Teilung der Insel in Nordirland, das zum Vereinigten Königreich gehörte, und die Republik Irland, ein eigenständiges Land und Mitglied der Europäischen Union. Die brutalen Auseinandersetzungen waren etliche Jahre vor Adas Geburt zu Ende gegangen. Aber vereint war Irland immer noch nicht und würde es vielleicht nie sein.

»Es gibt Dinge, *chérie*, die sind so kaputt, dass man sie nicht wieder geradebiegen kann«, hatte Adas Vater einmal mit trauriger Stimme zu ihr gesagt.

Ob es noch eine Chance gab, ihr eigenes Leben wieder geradezubiegen? Vielleicht, überlegte Ada, könnte sie den Schlüssel als Druckmittel benutzen, um ihren Vater aus dem Gefängnis freizupressen. Ja, möglicherweise hatte er sie genau deshalb beauftragt, danach zu suchen. Das heißt, nein, er hatte selbst gesagt, dass er nicht damit rechnete, jemals wieder freizukommen. Und Remy Genet war keiner, der eine solche Bemerkung machte, nur weil es sich so schön dramatisch anhörte. Was er sagte, meinte er auch so.

Doch wenn es nie wieder werden würde wie früher, was sollte dann aus Ada werden? Laut Pascale würde sie erkennen, was mit dem Schlüssel zu tun war, sobald sie wusste, was für ein Mensch sie sein wollte. Als könnte man sich das einfach aussuchen.

Als sie zu Jace und Cody hinüberblickte, die gegenüber auf ihren Plätzen eingenickt waren, wurde Ada plötzlich ganz warm ums Herz. Bisher hatte sie nie Freunde in ihrem Alter gehabt, und wie sich herausstellte, gefiel ihr das richtig gut. Ada hatte keine Ahnung, was für ein Mensch einmal aus ihr werden würde, aber sie wollte jemand sein, der mit Jace und Cody befreundet sein konnte. Und das war vielleicht schon besser als nichts.

Endlich fuhr der Zug in den überdachten Bahnhof von Galway ein. Ada weckte die beiden anderen, und gemeinsam traten sie auf den Bahnsteig. Da ihre Freunde noch ziemlich verschlafen dreinblickten, schaute Ada sich nach dem Ausgang um. Sie war schon einmal in Galway gewesen und glaubte sich zu erinnern, wo die nächste Jugendherberge lag. Dort konnten sie ihr Gepäck abladen und danach über die Shop Street ins Latin Quarter spazieren, wo sie sich etwas zu essen besorgen und vielleicht einer Band lauschen würden. Galway galt als Zentrum der Livemusik, und nach dem stressigen Gerenne der vergangenen Tage hatten sie sich wirklich einen entspannten Abend verdient. Schon bald musste es schließlich weitergehen, zu den Cliffs of Moher.

Da sah Ada die beiden Männer, die im schwarzen Anzug und mit dunkler Sonnenbrille auf der Nase den Bahnsteig hinuntergingen. Die chinesischen Agenten.

»Okay, hier entlang …« Unauffällig schob sie ihre Freunde in die entgegengesetzte Richtung, sodass sie den Agenten den Rücken zuwandten.

»Aber der Ausgang ist da drüben«, wehrte Jace sich.

Ada senkte die Stimme. »Keine Panik, aber unsere beiden Kumpels aus Dublin sind direkt hinter uns.«

»Bitte was?«, japste Jace.

»Wie gesagt, keine *Panik*«, zischte Ada. »Reiß dich zusammen, sonst bemerken sie uns garantiert. Ich glaube, da vorne ist noch ein Ausgang. Geht einfach weiter, dann sind wir bald hier raus.«

Schweigend liefen sie den Bahnsteig entlang. Hinter ihnen hörte Ada das scharfe Klappern von Ledersohlen auf hartem Untergrund. Die Agenten. Es schien, als hätten die zwei Männer sich ihrem Tempo angepasst, um ihnen zu folgen, aber trotzdem Abstand zu wahren. Hatten die beiden sie etwa schon entdeckt? Sich umdrehen und nachsehen wollte Ada aber auch nicht.

»Einfach weitergehen«, murmelte sie.

Die Schritte in ihrem Rücken beschleunigten sich. Als wollten die Agenten langsam aufholen, aber ohne auf sich aufmerksam zu machen.

»Okay, vielleicht doch ein bisschen schneller …«

Ada und die anderen steigerten ihre Geschwindigkeit. Die Schritte hinter ihnen zogen nach. Und plötzlich rief eine Männerstimme mit chinesischem Akzent:

»Ada Genet! Stehen bleiben!«

»Lauft!«, schrie Ada.

Die drei sprinteten los.

»Oi!«, rief ein Schaffner. »Auf dem Bahnsteig wird nicht gerannt!« Die hektischen Schritte der Agenten im Nacken, hetzte Ada trotzdem weiter. So schafften sie es vom Bahnsteig ins eigentliche Bahnhofsgebäude, mitten hinein in ein Durcheinander aus Menschen, die sich in großen Gruppen aneinander vorbeischoben. In diesem Gewühl könnten sie ihre Verfolger vielleicht abschütteln … Ada verlangsamte ihren Lauf, um in der Menge unterzutauchen, und bedeutete Cody und Jace, es ihr nachzumachen.

Doch die meisten Leute auf dem Bahnhof waren eher klein geraten, während Jace *sehr* groß war. Und besonders viele Schwarze waren hier auch nicht zu sehen. So wurden Ada und die anderen in kürzester Zeit von den Chinesen gesichtet.

»Miss Genet! Warten Sie!«, rief der mit den zurückgegelten Haaren. Den tiefen Falten über seiner Sonnenbrille nach zu urteilen, wuchs sein Ärger sekündlich.

»Los, los, los!«, brüllte Ada. Sie rempelten sich durch einen Pulk von Passanten und hinterließen dabei eine Spur empörter Iren, die ihrer Erregung in sehr deutlichen Worten Luft machten.

Ada und ihre Freunde rannten aus dem Bahnhof hinaus auf die Straße. Galway war eine kleine Stadt am Meer, eine eigenwillige Mischung aus mittelalterlichen Steinbauten und topmodernen Gebäuden. Allzu viele Einwohner hatte sie nicht. Im Zentrum waren allerdings immer eine Menge Touristen unterwegs, hier herrschte also auch um diese Uhrzeit ein ziemliches Gedränge. Was einerseits ein Problem war, weil die drei im Slalom um all die Reisegruppen herumlaufen mussten und entsprechend langsam vorankamen. Andererseits wurden dadurch auch ihre Verfolger aufgehalten.

Ada und ihre Freunde flitzten über die Wiesen des Kennedy Park, kamen einem Fußballmatch in die Quere und setzten im Sprung über mehrere Picknickdecken mit entspannt daliegenden Pärchen hinweg.

»Sorry«, rief Jace die ganze Zeit, »sorry!«

Sie rasten über den Eyre Square, schlugen Haken um mächtige Skulpturen und orientierungslos umherirrende Touristen, doch die Agenten waren ihnen immer noch auf den Fersen. Um die beiden wirklich abzuschütteln, müssten sie die freie Fläche hinter sich lassen und in die engen, gewundenen Gassen Galways eintauchen. Zum Glück wusste Ada genau, wohin sie wollte. Mit Cody und Jace im Schlepptau lief sie die Williamsgate Street hinunter, dann ging es rechts in die Abbeygate Street. Bis zur nächsten Ecke mussten sie sich noch den überfüllten Bürgersteig entlangdrängeln, dahinter begann die Fußgängerzone. Hier fuhren keine Autos mehr, und so konnten sie mitten auf dem Kopfsteinpflaster der schmalen Straße rennen.

Von der Shop Street bogen sie in ein Gewirr aus noch engeren und verwinkelteren Gassen ein. Autos waren hier nur wenige unterwegs, dafür aber umso mehr Fußgänger, und vor den meisten Restaurants standen Stühle und Tische. Ada und ihre Freunde mussten sich zwischen vielen Touristen hindurchschlängeln, von denen nicht mehr alle wirklich nüchtern waren.

»Verdammte Gören!«, bellte ein alter Mann.

Irgendwann machte die Straße einen scharfen Knick nach Süden, für den Moment dürften die Agenten sie aus den Augen verloren haben. Kurz hinter der Kurve teilte sich der Weg. Ada kam schliddernd zum Stillstand. Rang um Atem. Und grinste.

An der Gabelung spielte eine achtköpfige Musikgruppe – zwei Gitarren, Bongos, Kistentrommel, Akkordeon, Saxofon, Banjo und

Mandoline. Die Band hatte einen tollen Sound, und was fast noch besser war: Sie würde eine erstklassige Deckung abgeben.

Ada packte Jace und warf sich mit ihm hinter die beiden Trommler, Cody kam schnell dazu. Auf den dreckigen Bürgersteig gepresst, lagen sie da und schnauften und schnappten nach Luft. Bongos und Kistentrommel machten zum Glück unbeirrt weiter.

Einmal erhaschte Ada einen Blick auf die chinesischen Agenten. Sie rannten an ihnen vorbei, eine der Straßen hinunter.

Als der Song zu Ende war, drehten sich die Musiker an den Schlaginstrumenten um.

»Alles klar, *lass*?«, fragte der an der Kistentrommel.

»Jetzt schon – danke auch.« Ada fischte ein paar Euro aus ihrer Hosentasche und warf sie in den Spendenkorb der Band. *»Merci beaucoup.«*

Der Mann musste schmunzeln. »Jederzeit wieder.«

»Das war ganz schön knapp«, keuchte Cody, die sich gerade aufrappelte.

Jace ächzte. »Wenn ihr nichts dagegen habt, würde ich hier einfach noch ein Weilchen liegen bleiben.«

»Vergiss es.« Ada zerrte ihn auf die Beine. »Die werden bald wieder kehrtmachen, eher früher als später. Wir müssen uns irgendwo verkriechen und schön die Füße stillhalten. Wahrscheinlich bis morgen Früh.«

Einen wehmütigen Blick warf Ada aber noch auf die Band, die gerade mit dem nächsten fröhlichen irischen Lied begonnen hatte. Ein entspannter Abend an der frischen Luft, gutes Essen und Straßenmusik? Vielleicht beim nächsten Mal. Blieb nur die Frage, wie lange sie darauf warten müsste.

Lass dich nie von Panik leiten

Von ein paar netten australischen Touristen erfuhr Ada, wo das nächste Hostel war. Cody blickte sich auf dem Weg durch die engen Gassen immer wieder nervös um. »Sicher, dass wir nicht doch lieber gleich zur Steilküste fahren sollten?«

Ada schüttelte den Kopf. »Bis wir da ankommen würden, wäre es längst dunkel. Für die Suche nach Spuren braucht man gute Sicht. Und anscheinend ist die nächste günstige Unterkunft in der Umgebung der Cliffs immer noch zu weit entfernt zum Laufen. Wir müssen mit Bedacht vorgehen. Im Hostel sollten wir erst mal sicher sein.«

Nicht, dass Erwachsene keinen Zutritt zu Jugendherbergen und Hostels gehabt hätten, aber es ließen sich nur selten welche blicken. Würden die Agenten dort mit ihrer bitterernsten Miene und in ihren seriösen Geschäftsanzügen hineinspazieren, würde praktisch jeder Verdacht schöpfen. Außerdem achteten die Leute in Hostels meistens gut aufeinander, vereint von einem lockeren Gemeinschaftsgefühl und von der Lust auf Abenteuer. Ja, wenn man als minderjähriger Ausreißer irgendwo in Galway unterschlüpfen musste, dann am besten im Hostel.

Leider war es einigermaßen öde, dort den Abend zu verbringen. Im Gemeinschaftsraum gab es ein paar Gesellschaftsspiele, einen Fernseher mit irischen Sendern – und sonst nichts. Am Ende gingen Ada und ihre Freunde aus purer Langweile früh ins Bett.

Am nächsten Morgen frühstückten sie in einem nahegelegenen Café. Hier kam Jace endlich in den Genuss eines *full Irish breakfast*: Speck, Schinken, Würstchen, Spiegeleier, Toast, gebackene Bohnen und …

»Okay, was ist das jetzt wieder?« Ohne auf die Antwort zu warten, biss er in eine runde schwarze Scheibe, die ein wenig nach Hartwurst aussah. »Schmeckt genial.«

»Das ist Blutpudding«, antwortete Ada.

Im Kauen erstarrte er. »Wie bitte?!«

Cody grinste. »Du hast schon richtig gehört.«

»Aber das … Das sagt man doch nur so, oder? So aus Spaß?« Darin schien Jace seine ganze Hoffnung zu setzen.

»Blutpudding besteht hauptsächlich aus in Kuhblut eingeweichten Haferflocken – also nö.«

Er schüttelte sich. »Und du musst es natürlich noch schlimmer machen. Warum hast du nicht wenigstens *Rinder*blut gesagt?«

»Was hätte das denn geändert?«, fragte Ada.

»Rind ist was zum Essen. Kühe sind Tiere mit traurigen braunen Glubschaugen.«

»Das schlechte Gewissen des Fleischfressers«, kommentierte Cody.

»Ah.« Ada hatte es schon immer verwirrend gefunden, wie die Amerikaner mit dem Thema Fleisch umgingen. Ihr kam das alles ziemlich kompliziert vor. So, wie sie es sah, aß man entweder Fleisch oder eben nicht. Sie kapierte nicht, wie man Fleisch essen und gleichzeitig so tun konnte, als wäre es in Wirklichkeit gar kein Fleisch.

»Tut mir leid, wenn ich dir jetzt deinen leckeren Blutpudding vermiest habe«, sagte sie. »Dann sollte ich mir wohl den Hinweis verkneifen, dass der köstliche Speck da aus putzigen Schweinchen gemacht ist?«

Jace starrte sie ärgerlich an. »Ich bitte darum.«

Doch am Ende rang er sich trotzdem dazu durch, das komplette Frühstück zu verspeisen. Den Blutpudding eingeschlossen.

»Können wir noch bei einem Computerladen vorbeigehen?«, fragte er danach und tupfte mit einem Stück Toast die letzten Fettlachen auf. »Wenn ich mich das nächste Mal irgendwo reinhacke, dann so, dass es auf gar keinen Fall zurückverfolgt werden kann.«

»Gute Idee«, meinte Ada. »Lasst uns mal überlegen, was wir noch alles brauchen, bevor es zu den Cliffs losgeht.«

Jace hatte schon eine Idee. »Wie wär's mit einer Tauchausrüstung?«

»Wieso das?«, fragte Cody.

»Na, ich dachte mir, wo die Spur des U-Boots doch genau an der Steilwand plötzlich weg war – was, wenn das Ding *in* die Steilwand *rein* ist?«

»In eine Höhle oder so?«, sagte Ada.

»Genau. Ich habe mir die Klippen online angeschaut, und die sind gigantisch, also bestimmt über zweihundert Meter hoch. Wenn es da einen Tunnel unter der Wasseroberfläche gäbe, könnte das U-Boot einfach durch – und in einem Hohlraum wieder auftauchen. Wer weiß, vielleicht ist da unten so eine richtige Oberbösewicht-Höhle.«

Ada nickte. »Das ist eine super Idee.«

»Ja, und deshalb dachte ich mir, wir mieten uns wieder ein Boot, so wie neulich, und dann, na ja, dann tauchen wir durch den Tunnel rein.«

Cody kniff die Augen zusammen. »Hast du denn Erfahrung im Gerätetauchen?«

»Äh … nein?«, gab Jace zurück.

»Das lernt man nicht von heute auf morgen«, erklärte Cody. »Man muss ganz schön lang trainieren, bis man den Bogen raushat. Und glaub mir, bei deinem ersten Mal willst du nicht bei starkem Wellengang durch einen unterirdischen Tunnel tauchen.«

»Oh.« Jace wirkte ehrlich enttäuscht.

»Davon abgesehen könnten wir uns sowieso nicht von einem Boot hinbringen lassen«, meinte Ada.

»Wieso denn nicht?« Jace klang zunehmend frustriert.

»Weil es zu gefährlich wäre, so nah an die Steilwand ranzufahren. Da gibt's Untiefen und starke Strömungen, und eine einzige große Welle könnte das Boot mal eben gegen die Felsen schmettern.«

»Oh, wow …«

»Und deswegen müssen wir uns eine Kletterausrüstung besorgen. Damit ich mich von oben abseilen kann.«

»War ja klar«, meinte Cody. »Du kannst es einfach nicht lassen.«

»Hast du eine bessere Idee?«, erwiderte Ada.

Cody schüttelte den Kopf.

»Samus …?« Jace sah Ada gequält an. »Du hast mir schon zugehört, als ich gesagt habe, dass die Steilwand *über zweihundert Meter* hoch ist?«

Ada lächelte. »Aber sicher. Das wird so gut!«

Lieber langsam als nie

Die Cliffs of Moher erstrecken sich über einen ungefähr acht Kilometer langen Küstenabschnitt. Sie ragen senkrecht aus dem Atlantischen Ozean empor, am niedrigsten Punkt bis in 120 Meter Höhe, am höchsten bis in 214 Meter. Und genau dort, wo sie sich am gewaltigsten auftürmen, befand sich natürlich die Stelle, an der das U-Boot vom Satellitenbild verschwunden war.

Mit einem Ausflugsbus kamen Ada und ihre Freunde von Galway zur Steilküste. Ihre Verfolger hatten sich an diesem Tag zum Glück noch nicht blicken lassen.

Weder Jace noch Cody hatte Lust darauf, sich von einer mehr als zweihundert Meter hohen Felskante abzuseilen – bei dieser Aufgabe wäre Ada auf sich allein gestellt. Da Cody sich aber zumindest mit dem Sichern auskannte, sollte das Risiko nicht ganz so hoch sein.

Der Ausflugsbus hielt auf einem riesigen Parkplatz. Als Ada und ihre Freunde mit den anderen Touristen den Fußweg zur Küste entlanggingen, ernteten sie einige irritierte Blicke. Was daran liegen mochte, dass Ada in einem Neoprenanzug steckte und eine vollständige Tauchausrüstung inklusive Druckluftflasche mitschleppte, während Jace sich einen großen Seesack, vollgestopft mit Kletter-Equipment, aufgeladen hatte. Cody trug dafür die Rucksäcke der drei.

Zwischen dem Parkplatz und den Klippen erstreckte sich eine öde, spärlich mit Kraut bewachsene Ebene, aus der sich lediglich ein einsamer Steinturm erhob. An ihrem äußeren Rand war kein Zaun oder Geländer angebracht. Es ging direkt hinab in den Abgrund, zweihundert Meter tief durch freien Raum bis zum tosenden, schäumenden Meerwasser.

»Oh, Mann …« Als er dort hinunterspähte, brachte Jace kaum mehr als ein Wimmern heraus.

»Ja, das wird der Hammer!«, rief Ada.

Direkt oberhalb der Steilwand breiteten sie ihre Ausrüstung aus und machten sich an die Arbeit. Zuerst mussten sie Bohrhaken in den Fels schlagen, dann den Anker anbringen. Ada setzte sich einen Helm auf, legte sich den Klettergurt an, zog das Seil durch das Abseilgerät und richtete das Selbstsicherungssystem ein – sollte es ein Problem mit dem Gerät geben, würde sie so nicht geradewegs in den Tod stürzen. Mit Codys Hilfe arbeitete sie eine Checkliste ab, um zu überprüfen, ob sie auch nichts übersehen hatten. Zuletzt setzte Ada sich die Tauchermaske auf, schulterte die Sauerstoffflasche und befestigte einen Beutel mit den Schwimmflossen und einer wasserdichten Taschenlampe an ihrer Hüfte.

»Bist du so weit?«, fragte Cody.

»Sie sieht ganz danach aus«, meinte Jace.

Ada trat dicht an die Felskante und blickte in die Tiefe. Angesichts des jähen Abgrunds wurde ihr leicht übel, und doch lächelte sie. Früher, als kleines Mädchen, hatte sie dieses Gefühl ziemlich gehasst, aber an irgendeinem Punkt hatte sie gelernt, es zu genießen.

»Ich bin so weit«, sagte sie zu ihren Freunden.

Jace nickte. »Pass auf dich auf.«

»*Buena suerte*«, meinte Cody und nahm das Seilende in die Hand.

»Ab!«, sagte Ada.

»Ab geht's«, erwiderte Cody.

An der Kante ging Ada in die Hocke, den Blick immer noch auf ihre Freunde gerichtet. Dann lehnte sie sich nach hinten und lief die ersten Meter Felswand hinab.

Dieser Moment, wenn unter ihr plötzlich das pure Nichts gähnte, war immer noch schlimm. Als sich die vollen zweihundert Meter leerer Raum unter ihr auftaten, wurde aus Adas leichtem Magengrummeln ein lautes Rumoren.

Doch in kürzester Zeit setzte sich die Erfahrung ihres jahrelangen Trainings durch. Ada hielt sich sowohl über als auch unter dem Abseilgerät fest und ließ sich für ein paar Sekunden hängen, wo sie war, bis ihr pochendes Herz nicht mehr drohte, ihren Brustkorb zu sprengen. In Augenblicken wie diesem verschwamm die Grenze zwischen freudiger Aufregung und Panik, oder besser gesagt: Es war ohne Zweifel beides dabei. Obwohl man beim Abseilen weniger Muskelkraft als beim Klettern brauchte, war es statistisch gesehen gefährlicher, weil so vieles schiefgehen konnte. Deshalb wartete Ada lieber ab, bis sie sich wieder beruhigt hatte, und begann erst dann mit dem Abstieg.

Im Kino hüpften die angeseilten Helden immer in großen Sprüngen an Steilwänden oder Wolkenkratzern hinab – in der Realität wäre das erstens dumm und zweitens unsinnig gewesen. Klar, es sah cool aus, doch es würde die Ausrüstung, die Ada noch für den Aufstieg brauchen würde, unnötig stark belasten. Darüber hinaus würde das Risiko steigen, die Kontrolle über das Seil zu verlieren, und das wäre so ungefähr das Schlimmste, was passieren konnte. Beim Absteigen, sagte Adas Vater immer, sollte man lieber langsam als schnell und schmerzhaft ans Ziel kommen.

Ada achtete darauf, ihre Hüfte parallel zur Wand und ihre Beine gestreckt zu halten, und zog das Seil geduldig durch das Abseilgerät.

Je näher sie dem Meer kam, desto lauter wurde das Krachen der Wellen gegen die Felsen. Wenn sie nicht gut aufpasste, würde sie dort unten bald selbst an die Wand geklatscht werden.

Endlich erreichte Ada einen kleinen Vorsprung, an dem sich der Fels knapp über dem Wasser etwas nach außen wölbte. Sie schlug einen Haken in den Stein, nahm ihre Kletterausrüstung ab und hängte sie am Karabiner auf. Vor dem Aufstieg würde sie wieder hier vorbeikommen.

Danach rüstete sie sich für den Tauchgang, schlüpfte in ihre Flossen und nahm die Taschenlampe in die Hand. Und starrte ins dunkle, aufgewühlte Meer.

Es sah kalt aus. Richtig kalt.

Mit einem tiefen Luftholen wappnete Ada sich und ließ sich vorsichtig ins Wasser gleiten. Es war noch kälter als erwartet. Adas Inneres schien zu einem harten Knoten irgendwo in ihrem Bauch zu schrumpfen, und zunächst fiel ihr selbst das Atmen schwer. Sie musste abwarten, bis sie ihre Lunge wieder unter Kontrolle hatte. Erst dann setzte sie das Mundstück des Atemreglers ein und drehte die Luft auf. Ruhiges, gleichmäßiges Atmen war das A und O beim Gerätetauchen. Ada ließ sich unter die Oberfläche sinken.

So schnell wie möglich presste sie sich an die Felswand – wenn sie bereits daran klebte, konnte das Wasser sie hoffentlich nicht allzu heftig dagegen werfen. Sie musste dabei nur aufpassen, die Druckluftflasche nicht zu beschädigen. Nicht dass ihr Inhalt bei einem scharfen Aufprall mal eben das Behältnis sprengte.

Auch mit Taschenlampe sah man im trüben Wasser nur wenig. Da sie die Kraft der Strömung spürte, stützte Ada sich mit einer Hand am Stein ab, während sie mit der anderen geradeaus und tiefer hinab paddelte.

Ohne Vorwarnung war die Felswand plötzlich weg. Die Hand immer noch ausgestreckt, griff Ada ins Leere. Für einen Augenblick hing sie blind tastend im Wasser, das gerade von der Küste zurück ins offene Meer strömte.

Dann rauschte die nächste Woge heran und riss Ada mit sich, hinein in einen dunklen Tunnel unter der Steilwand.

Gewalt ist nie schön, manchmal aber unvermeidbar

Ada wurde durch die Finsternis gewirbelt. Im schwachen Licht der Taschenlampe blitzten strudelndes Wasser und hier und da ein Stück kantige Tunnelwand auf. Als die Strömung nachließ, hatte Ada völlig die Orientierung verloren. Und ganz gleich, wohin sie blickte, sah sie nichts als Wasser und Fels. Ihr Herz klopfte so stark, dass ihr ganzer Brustkorb wehtat, und der Atemregler konnte nicht mit ihrem Schnaufen und Keuchen mithalten. Sie hatte das Gefühl zu ersticken. Von allen Seiten zog sich die Dunkelheit um Ada zusammen, und eisige Furcht schob sich wie eine Schlange ihre Wirbelsäule hinauf.

Sie schloss die Augen. Würde Samus Aran jetzt in Panik geraten? Niemals. Samus Aran würde sich auf ihre Mission konzentrieren und diese durchziehen. Im Geist beschwor Ada ein Bild der galaktischen Kopfgeldjägerin herauf – wie sie mit ihren blauen Augen ruhig und gelassen durch das Visier ihres Helms auf die barbarischen Weltraumpiraten blickt, die sie eingekreist haben … Durch ihre Tauchermaske blickte Ada in den endlosen Strom des kalten, dunklen Wassers und machte ein Gesicht, wie sie es von Samus Aran kannte. Diesen Trick hatte sie von ihrem Vater gelernt, vor langer Zeit schon. So war sie in der Lage, sich auch dann ihrer Angst zu stellen, wenn sie ganz alleine war. Werde, wer du sein willst, und dein Inneres zieht von selbst nach.

Ein paar Minuten später konnte Ada wieder loslegen. Sie war sich zwar nach wie vor nicht ganz sicher, wo oben und unten war, doch in einem Tunnel gab es nur zwei Richtungen, und die Strömung verriet ihr, welche sie einschlagen musste. Ungefähr zehn Minuten lang schwamm sie geradeaus durch die Felsröhre, bis vor ihr ein schwacher Lichtschimmer auftauchte. Ada knipste die Taschenlampe aus und paddelte langsam weiter.

Der Tunnel weitete sich zu einem großen unterirdischen Becken. Auf der einen Seite waren die dicken Holzpflöcke eines Anlegestegs zu erkennen – und daneben dümpelte ein U-Boot.

Immer noch unter der Wasseroberfläche, sah Ada nur die untere Hälfte des Gefährts, doch die war knallrot und knapp fünfzig Meter lang. Das Ding machte einen ziemlich altmodischen Eindruck, als stammte es aus den 1960er- oder 1970er-Jahren. Das würde auch Sinn ergeben, überlegte Ada – an die neueste Militärtechnik kam man als Dieb kaum heran, während ältere, ausgemusterte Modelle durchaus zu haben waren, wenn man denn die richtigen Kontakte hatte. Ja, vermutlich war es schwieriger gewesen, sich einen funktionstüchtigen Kernreaktor zu organisieren als das U-Boot selbst.

Da sie nicht wissen konnte, ob sich hier unten jemand herumtrieb, tauchte Ada erst unter dem Steg, und im Schutz der Holzlatten auf. Dann schaute sie sich um.

Jace hatte recht behalten: Unter der Steilwand verbarg sich eine richtige Oberbösewicht-Höhle. Eine gewaltige Halle war in den Fels gehauen worden, eingerichtet wie ein modernes Großraumbüro – neben mehreren Arbeitsplätzen gab es auch eine Küche mit Tischen und einen Bereich mit Sofas und Fernseher. Beleuchtet wurde das Areal von riesigen, in der Höhlendecke verankerten LED-Strahlern.

Adas Puls hatte wieder Fahrt aufgenommen, diesmal nicht aus Angst, sondern vor Aufregung. Was, wenn der Schlüssel hier aufbewahrt wurde?

Selbst wenn, könnte sie jedenfalls nicht einfach losspazieren und sich das Ding schnappen. In der Halle hielten sich insgesamt fünf Personen auf, alle im schwarzen Kampfanzug. Zwei arbeiteten am Computer, zwei saßen auf einem Sofa und schauten Fußball und eine machte sich in der Küche etwas zu essen. Eine Möglichkeit wäre, sich an ihnen vorbeizuschleichen, doch der Schlüssel war winzig klein – jeder der Anwesenden könnte ihn problemlos in der Hosentasche mit sich herumtragen. Nein, wenn sie das Areal wirklich sorgfältig absuchen wollte, führte kein Weg daran vorbei, die fünf auszuschalten. Andererseits brannte sie nicht gerade darauf, es mit allen auf einmal aufzunehmen. Sie musste also einen nach dem anderen unschädlich machen, ohne dass die Kollegen etwas davon mitbekamen.

Ada legte ihre Tauchausrüstung ab und klemmte sie unter dem Steg fest, stemmte sich auf die Holzlatten und überlegte, wie sie im Detail vorgehen sollte. Die Männer an den Computern saßen mit dem Rücken zueinander und trugen beide Kopfhörer auf den Ohren. Dadurch würde sie leichtes Spiel mit ihnen haben und Ada nahm sie als Erste ins Visier. Sie schlich sich zum Bürobereich, zog unterwegs ein paar Kabel aus ihren Buchsen und wickelte sie auf. Als sie auf einen Vorrat an Mikrofasertüchern zur Reinigung von Computermonitoren stieß, stopfte sie sich einen ganzen Haufen davon in die Tasche.

So gerüstet, schlüpfte Ada in den schmalen Durchgang zwischen den Arbeitsplätzen der beiden Männer, langsam und geduckt natürlich. Obwohl sie ihr den Rücken zukehrten, könnten sie plötzliche Bewegungen am Rand ihres Blickfelds bemerken.

Hinter einem der Männer richtete Ada sich wie in Zeitlupe auf. Und setzte einen speziellen Würgegriff an, einen Arm um seinen Hals geschlungen, die freie Hand an seinem Hinterkopf. Diese Technik nannte sich zwar »Würgegriff«, übte aber keinen Druck auf die Luftröhre aus – das Opfer konnte ganz normal weiteratmen. Dafür wurden jedoch beide Halsschlagadern zusammengepresst und so die Blutversorgung des Gehirns abgeschnürt. Wer auf diese Weise attackiert wurde, ohne darauf gefasst zu sein, verlor in der Regel innerhalb von vier Sekunden das Bewusstsein.

Der Mann, der sich ganz auf den Videostream eines E-Sport-Turniers konzentrierte, war eindeutig nicht darauf gefasst. Kaum dass er nach vorne gesackt war, ließ Ada wieder locker – wurde das Gehirn länger vom Blutkreislauf abgeschnitten, konnte es dauerhaft Schaden nehmen. Ada blieben nur dreißig Sekunden, bis der Mann wieder zu sich kommen würde. Zeit genug, um ihn mit Kabeln an seinen Stuhl zu fesseln und ihm einen Ballen Mikrofasertücher in den Mund zu stopfen, damit er nicht um Hilfe rufen konnte.

Zu viel Unruhe hätte die Aufmerksamkeit der anderen erregt. Deswegen beeilte Ada sich, die Kabel um die Handgelenke des Mannes festzuzurren und sie mit einem Chirurgenknoten zu sichern. Ihr erstes Opfer war noch nicht wieder aufgewacht, da hatte sie sich bereits umgedreht und den anderen Computertypen auf dieselbe Art lahmgelegt. So waren schnell zwei von fünfen erledigt.

Die anderen drei würden es Ada leider nicht so leicht machen. Wenn sie versuchte, einen der beiden auf dem Sofa ebenfalls in den Würgegriff zu nehmen, würde der andere es mit Sicherheit mitbekommen, schließlich saßen die beiden nebeneinander. Und der Typ, der drüben in der Küche stand, war so hoch aufgeschossen, dass Ada seinen Hals gar nicht mit beiden Händen zugleich erreichen könnte.

Die Gefesselten an den Computern regten sich schon wieder, stemmten sich auf ihren Stühlen unter dumpfem Stöhnen gegen die Kabelfesseln. Nicht mehr lange und die anderen würden auf ihre Lage aufmerksam werden. Ab sofort musste Ada noch zielstrebiger vorgehen.

Sie schob sich hinter den Mann in der Küche, der inzwischen Geschirr spülte, und tippte ihm auf die Schulter. Als er sich umdrehte, rammte sie ihm den Handballen gegen das Kinn. Sein Kopf schnappte zurück, er sackte in sich zusammen. Das war eine deutlich gröbere Methode, einen Gegner außer Gefecht zu setzen – das Gehirn schwamm frei im Schädel, und wurde der Kopf so scharf nach hinten gerissen, knallte es erst gegen die eine und dann gegen die andere Schädelwand. Bei einem wirklich harten Treffer konnte es sogar mehrmals hin und her geschleudert werden, was zu einem Schädel-Hirn-Trauma führen würde: Das Opfer würde nicht nur vorübergehend das Bewusstsein verlieren, sondern könnte langfristige Schäden am Gehirn davontragen. Deswegen griff Ada nur auf diese Technik zurück, wenn sie keinen anderen Ausweg sah.

Ada fing den Mann unter den Achseln auf, damit er nicht auf dem Boden aufschlug und sich stärker verletzte. So schwer, wie er war, konnte sie seinen Sturz aber nur etwas abmildern. Sie wollte ihn gerade fesseln, da gaben die Computertypen trotz ihrer Knebel so laute Geräusche von sich, dass die zwei vor dem Fernseher aufmerksam wurden. Ada musste den Kerl wohl oder übel in der Küche liegen lassen, wie er war.

In der Fernsehecke befanden sich ein Mann und eine Frau, beide ungefähr Mitte dreißig und durchtrainiert. Während sich der Mann sofort auf Ada stürzte, griff die Frau nach einer der Waffen auf dem Sofatisch. Gut so, dachte Ada. Wären die zwei direkt zum Angriff übergegangen oder hätten sich jeder sofort eine Pistole geholt, wäre Ada wohl kaum mit der doppelten Bedrohung fertiggeworden. Doch indem sie sich aufteilten, gaben sie ihren Vorteil auf.

Logischerweise kümmerte Ada sich zunächst um die Frau mit der Waffe. Der Mann versperrte ihr zwar den Weg, hatte sich aber mit erhobenen Fäusten breitbeinig aufgebaut – sie glitt einfach zwischen seinen Füßen hindurch. Als er automatisch versuchte, seine Weichteile zu schützen, verschaffte ihr das die Zeit, die sie brauchte. Ada nutzte sie, um sich über das Sofa zu schwingen und die Frau an den Knöcheln umzureißen. Ineinander verknotet gingen sie zu Boden und rangen dabei um die Waffe. Ada bohrte Zeige- und Mittelfinger in einen Druckpunkt am Arm ihrer Gegnerin. Auf einmal erschlaffte deren Hand und die Pistole fiel heraus.

Ada kickte die Waffe weg, sie rutschte quer über den Boden und plumpste ins Wasser. Instinktiv streckte sich die Frau nach der vorbeischliddernden Pistole, und in diesem Moment der Ablenkung stieß Ada ihr den Ellenbogen gegen die Schläfe. Ein harter Treffer. Der Kopf der Frau prallte vom Untergrund zurück und sie war außer Gefecht gesetzt.

Das saftige Aufschlagen des Schädels hatte Ada zusammenzucken lassen. »Sorry …«

Obwohl ihr bewusst war, dass die Frau ohne Zögern geschossen hätte, hatte Ada ein schlechtes Gewissen. Sie konnte aber nicht nachsehen, wie es ihrem Opfer ging – gerade hatte sich der letzte einsatzbereite Gegner die zweite Waffe vom Tisch geschnappt.

Hastig warf Ada sich hinter das Sofa, während er mehrere Patronen abfeuerte.

»Komm raus, kleines Mädchen«, sagte der Mann auf Italienisch. »Ich tue dir auch nichts, versprochen.«

Selbstverständlich glaubte Ada ihm nicht. Trotzdem erwiderte sie in ihrer unschuldigsten Kleine-Mädchen-Stimme: »Okay!« Dann schmiss sie ein Sofakissen über die Lehne.

Der Mann hatte hervorragende Reflexe. Sofort reagierte er auf die Bewegung und feuerte. So gewann Ada die nötigen Sekunden, sich mit den Fußsohlen voraus über das andere Ende des Sofas zu schwingen und sie ihm frontal gegen die Brust zu rammen. Die Luft entwich schlagartig aus seiner Lunge, er landete keuchend auf dem Boden.

Einen Fuß stellte Ada auf seine Waffenhand, den anderen zog sie in aller Ruhe zurück und führte dann einen schnellen, heftigen Kick aus. Diesmal hielten sich ihre Gewissensbisse in Grenzen.

Sie fesselte rasch die letzten beiden Gegner und begann mit der Suche nach dem Schlüssel, zunächst in den Taschen der Wachen.

Als sie gerade die Kleidung der Frau durchging, presste sich kalter Stahl in ihren Nacken.

Und eine Männerstimme sagte: »Hättest du mal im U-Boot nachgesehen.«

Überheblichkeit führt ins Verderben – dich oder die anderen

»Hände hoch. Umdrehen.«

Ada gehorchte. Sie schätzte den Mann mit der Waffe auf gerade mal 18, höchstens 20 Jahre. Eigentlich konnte man ihn kaum als Mann bezeichnen. Sein Grinsen sah mehr nach verzogenem Bengel als nach hartgesottenem Verbrecher aus.

»Ich sollte wohl beeindruckt sein.« Mit einem Nicken deutete er auf die bewusstlos am Boden liegenden Wachen. »Du bist weit gekommen, hast alle meine Leute ausgeschaltet. Das hätte ich einem verwöhnten kleinen Mädchen wie dir kaum zugetraut.«

»Ich und verwöhnt?«, erwiderte Ada.

»Komm schon. Als Tochter des berühmten Remy Genet … Dein Leben lang wurde dir alles auf dem Silbertablett serviert. So gesehen, ist das eigentlich das Mindeste, was du draufhaben solltest …«

»Ah, verstehe. Von wegen ich bin verwöhnt. Du bist neidisch.«

Er machte ein finsteres Gesicht. »Früher vielleicht. Jetzt nicht mehr. Ich habe mir ein viel besseres Vorbild gesucht als diesen sentimentalen Narren.«

»Wen denn?«, fragte Ada.

Da kehrte das Grinsen zurück. Als könnte der Kerl nur grinsen oder finster dreinschauen. »Das wüsstest du wohl gerne.«

Am Arm gepackt, zerrte er sie unsanft auf die Beine. Er war noch jung, aber locker zwei Kopf größer als Ada, und er hatte Kraft.

»Fragt sich nur, was ich jetzt mit dir anstellen soll …«, murmelte er nachdenklich.

»Wie wär's mit Laufenlassen?«

»Träum weiter.«

»Oder mit einem fairen Zweikampf?«

»Du machst wohl Witze.«

»Du hast also Angst, von einem kleinen Mädchen fertiggemacht zu werden?«

Schon war der finstere Blick wieder da. »Netter Versuch. Als würde ich mich dazu provozieren lassen, dir auch nur eine winzige Chance zu geben. Ja, ich sollte dich wohl einfach umbringen. Sie war zwar ausdrücklich dagegen, aber ich könnte es einfach so aussehen lassen, als wäre es einem der anderen passiert. Natürlich müsste ich dann auch meine Leute töten, sonst würden sie es noch abstreiten …«

In Gedanken versunken kaute er auf der Unterlippe. Wenn er Ada wirklich ins Jenseits befördern wollte, warum brachte er es dann nicht endlich hinter sich? Sie wollte sich zwar nicht darüber beklagen, den Grund hätte sie aber schon gerne erfahren. Denn der könnte ihr das Leben retten. Sein leuchtendes Vorbild wollte also nicht, dass sie umkam … Auf diesen Punkt sollte sie sich konzentrieren.

»Sie? Wer ist das? Dein Vorbild, deine … Lehrmeisterin?«, sagte Ada. »Vielleicht kenne ich sie ja.«

»Das bezweifle ich«, entgegnete er. »Sie steht meilenweit über Komikern wie dir und deinem Dad.«

»Ich lasse es drauf ankommen.«

Er zuckte mit den Schultern. »Sie geht ihrem Beruf unter einem Decknamen nach: Mother Brain.«

Adas Augen weiteten sich. Eine Verbrecherin mit diesem Namen? Davon hatte sie noch nie gehört. Zumindest nicht im wirklichen Leben. »Mother Brain – wie die Endgegnerin von *Metroid*?«

»Das ist ja wohl offensichtlich.«

In der Videospielserie führte die böse Mother Brain eine Bande von Weltraumpiraten an. Wie der Name schon sagte, bestand sie praktisch nur aus einem monströsen Gehirn – plus Stacheln und Augapfel –, und selbstverständlich zählte sie zu den härtesten Gegnern überhaupt.

»Und diese Mother Brain hat jetzt den Hacker's Key gestohlen, oder wie?«, fragte Ada.

Dass der Dieb oder die Diebin ein *Metroid*-Originalmodul mit dem Namen von Adas Vater am Tatort zurückgelassen hatte, konnte kein Zufall sein. Keine Frage, er oder sie kannte Remy Genet. Und wenn diese Mother Brain eine Vorliebe für den ersten Teil der Serie hatte, war sie vermutlich ungefähr in seinem Alter. Es konnte daher gut sein, dass sich die beiden schon sehr lange kannten. Vielleicht aus der Zeit vor Adas Geburt. Im Lauf der Jahre hatte Ada zwar einige Freunde ihres Vaters kennengelernt, aber keiner von ihnen hatte sich so genannt. Möglich, dass die Frau früher unter anderem Namen unterwegs gewesen war.

»Sie hat den Schlüssel *mit meiner Hilfe* gestohlen«, erwiderte der junge Mann eingeschnappt. »Tatsächlich hätte sie es ohne mich nie geschafft. Also was weiß ich, warum sie sich ausgerechnet für dich interessiert.«

»Sie interessiert sich für mich?«, hakte Ada ein.

Ihr Gegner, der erkannt zu haben schien, dass er sich verplappert hatte, presste die Lippen aufeinander. Und doch hatte er sie immer noch nicht umgebracht. Was hielt ihn davon ab? Betrachtete er sie als Rivalin, so wie Cody? Wenn ja, könnte Ada das für sich nutzen.

»Wie heißt du eigentlich?«, fragte sie.

»Es gehört sich wohl, dass du den Namen desjenigen erfährst, der dich töten wird. Ich bin Emile Neyrat.«

»Okay, Emile, nur damit ich das richtig verstanden habe: Du willst dieser Mother Brain beweisen, dass du mehr draufhast als ich – obwohl du nun mal nicht der Sohn von Remy Genet bist?«

Er schien sich zu freuen. »Exakt.«

»Und dazu willst du es aussehen lassen, als wären deine Leute, die doch unter deinem Kommando standen, außer Kontrolle geraten und hätten mich getötet, obwohl sie das genaue Gegenteil befohlen hat. Wodurch du als großer Held dastehen würdest, weil … ja, warum eigentlich?«

Jetzt kniff er die Augen zusammen. »Das … wird nichts mehr zur Sache tun. Sobald du aus dem Weg bist, muss ich mir keine Gedanken mehr machen, wie ich dich kleinkriegen kann.«

»Ja, klar. Die Sorge ist man natürlich los, wenn man gar nicht mehr gewinnen kann.«

»Was soll das heißen?«

»Bin ich tot, wirst du nie beweisen können, dass du besser bist als ich. Aber ich kann verstehen, wenn es dir so lieber ist. So riskierst du wenigstens keine Niederlage, die für dich schließlich die größte Katastrophe wäre.«

»Ich bitte dich. Einem Wurm wie dir müsste ich mich niemals geschlagen geben.«

»Ach ja?«

Ada wollte noch einen coolen, herausfordernden Spruch hinterherschieben – *Beweis es doch, Loser* oder so. Dann würde Emile sich hoffentlich selbst Lügen strafen und sich dazu provozieren lassen, ihr eine Chance zu geben.

Sie konnte aber auch einfach den Mund halten. Drüben in der Küche stemmte sich nämlich der Typ, den sie aus Zeitgründen nicht mehr hatte fesseln können, ächzend auf die Beine. Er hatte offenbar eine Gehirnerschütterung erlitten, denn er klammerte sich um Halt bemüht am Abtropfgestell neben der Spüle fest – und riss es in seiner Benebelung aus Versehen von der Arbeitsplatte herunter.

Teller und Gläser zerschellten am Boden, und Emile warf einen schnellen Blick hinüber zum Ursprung des Lärms. Es war nur ein winziger Moment der Ablenkung. Wenn man aber wie Ada seit dem fünften Geburtstag diverse Entwaffnungstechniken eingeübt hatte, brauchte es nicht mehr.

Mit beiden Händen stieß sie Emiles Waffe nach oben und leicht nach links, zugleich duckte sie sich nach rechts ab. Dann fixierte sie sein Handgelenk, während sie mit der anderen Hand gezielt gegen den Pistolenlauf schlug. Die Kanone flog kreiselnd in die Luft, Emile brüllte auf. Möglich, dass sie ihm bei diesem Manöver den Abzugsfinger gebrochen hatte.

Nicht, dass Ada deswegen nachgelassen hätte – stattdessen stieß sie ihm den Ellenbogen gegen das Kinn. Als Emile nach hinten stolperte, war seine Deckung endgültig Geschichte. Ada trat ihm einmal zwischen die Beine. Er fiel schnaufend auf die Knie und kam nicht wieder hoch. Also schnappte sie sich ein Computerkabel und fesselte ihm damit die Hände auf den Rücken.

Der Typ in der Küche wankte immer noch hin und her, so weggetreten, dass Ada sich einen zweiten K.o.-Schlag sparte. Sie konnte ihn auch so sorgfältig verschnüren.

Danach durchstöberte sie seine Taschen und die von Emile sowie den übrigen Wachen. Den Hacker's Key fand sie nicht. Sie suchte überall und schlitzte schließlich sogar die Sofakissen auf. Leider ohne Ergebnis.

»Wo ist der Schlüssel?«, fragte sie Emile.

Er starrte sie bloß wütend an.

»Auch gut. Wo ist Mother Brain?«

»Als würde ich dir das verraten«, murmelte er.

»Oder du weißt es einfach nicht«, entgegnete Ada. »Wetten, sie vertraut dir nicht mal so weit, dass sie dir sagen würde, wohin sie unterwegs ist? Stimmt's oder habe ich recht?«

Darauf erwiderte Emile nichts mehr, und Ada gab es auf. Ihrer Einschätzung nach hatte er sowieso keine Ahnung.

Während der Suche nach dem Schlüssel hatte sie immer wieder die Maus eines Computers bewegt, um zu verhindern, dass dieser in den Ruhemodus schaltete. Sonst hätte sich das System wahrscheinlich ausgeloggt und sie hätte keinen Zugang mehr gehabt. Jetzt, da ihr die Ideen ausgingen, wo sie sich noch umschauen sollte, setzte Ada sich vor den Monitor, durchforstete den Browser-Verlauf – und stieß endlich auf eine brauchbare Spur: eine Internetsuche nach One-Way-Flügen von Dublin nach Prag. Das war nichts Handfestes, klar, aber alles, was sie im Moment hatte. Und das Gute daran war, dass in Prag Reina lebte, die Manchmal-Freundin ihres Dads. Reina war genial, sie war praktisch wie Adas Vater, nur cooler und witziger. Wenn sie erst mal in Prag waren und auf Reinas Hilfe zählen konnten, würden sie Mother Brain bestimmt bald finden.

Unterschätze nie die Macht einfacher Anreize

Ada fragte sich, was sie mit Emile und den Wachen anstellen sollte. In der Untergrundbasis würden die Gefesselten so schnell von niemandem gefunden werden. Und dass sie einfach verhungerten, wollte Ada nicht. Nach längerem Nachdenken entschied sie sich dafür, Emiles Hände hinter dem Rücken fixiert zu lassen, ihn aber nirgendwo festzubinden. So könnte er Zentimeter für Zentimeter zu einem seiner Untergebenen rutschen und die beiden könnten sich gegenseitig losmachen. Allerdings zerrte sie Emile noch in die hinterste Ecke der Höhle, weit weg von den anderen, und schob einen Haufen schwerer Möbel zwischen ihn und seine Leute. Andernfalls hätte er sich vielleicht zu schnell befreien und Mother Brain warnen können, dass Ada ihre Fährte aufgenommen hatte.

Nachdem Ada sich davon überzeugt hatte, dass Emile zwar entkommen könnte, aber erst nach einiger Zeit und mit viel Mühe, holte sie Tauchausrüstung und Taschenlampe aus ihrem Versteck unter dem Steg und machte sich auf den Rückweg zum Höhleneingang. Auf den letzten Metern des Tauchgangs, als sie kurz vor dem offenen Meer mit aller Kraft gegen die starke Strömung Richtung Küste ankämpfen musste, nahm sie die Druckluftflasche ab, drehte sich paddelnd um, richtete die Flasche nach hinten aus und öffnete das Ventil. Mit einem kräftigen Stoß schoss das letzte bisschen Luft aus dem Behälter und Ada schnellte davon angetrieben aus dem Tunnel hinaus.

Die Tauchausrüstung ließ sie auf dem Felsvorsprung zurück, dort, wo die Seile und der Klettergurt auf sie warteten. Sie hatte deswegen zwar ein ziemlich schlechtes Gewissen, doch der Aufstieg würde sie sowieso noch stärker fordern als der Abstieg, und ihre Kräfte ließen langsam nach. Je weniger Gewicht sie mitschleppen musste, desto besser.

Ada schlüpfte in den Klettergurt und band sich ein. Dann riss sie zweimal kräftig am Seil – das Signal an Cody, dass sie bereit war. Als Sichernde hatte Cody die Aufgabe, das Seil zu sichern und den Teil einzuziehen, der auf Adas Weg nach oben frei wurde. Und falls Ada abrutschte, was zwar unwahrscheinlich, aber möglich war, sollte Cody natürlich zur Stelle sein, um einen tödlichen Sturz zu verhindern.

Normalerweise rief die Kletterin das Kommando »Ich komme!«, sobald sie so weit war, und die Sichernde bestätigte mit »Kannst kommen!«, dass sie sich auf den Weg machen konnte. Da es für Cody aber unmöglich war, zu verstehen, was Ada zweihundert Meter weiter unten ins Tosen der Wellen brüllte, hatten sie sich darauf verständigt, dass Ada stattdessen zweimal kurz hintereinander am Seil ziehen und Cody mit einem dreifachen Ziehen antworten würde. Nach ein paar Sekunden bangen Abwartens spürte Ada, wie dreimal in Folge ein scharfer Ruck durch das Seil ging.

Der Aufstieg begann. Ada hatte sich zugleich darauf gefreut und davor gefürchtet. Sie hatte ihren Freunden nichts davon gesagt, um sie nicht zu beunruhigen, doch vor ihr lag die wahrscheinlich schwierigste Kletterpartie ihres Lebens. Beim Klettern war nicht nur Körperkraft gefragt, sondern mindestens genauso viel strategisches Denken. Gebäudefassaden waren dabei fast die leichteste Übung. Sie waren vorhersehbar – Fenster, Balkone und Türbögen wechselten sich in immer gleichen Abständen ab. Hatte man das Muster einmal geknackt, musste man die Route nur noch planen und ausführen. *Très facile.* Natürliche Oberflächen waren dagegen unberechenbar. Gerade beim ersten Versuch konnte jeder kleine Fortschritt eine Überraschung bereithalten. Man musste seinen Plan immer wieder anpassen, und wenn man unverhofft auf einen besonders schwierigen Teil traf, blieb einem manchmal nichts anderes übrig, als wieder einige Meter abzusteigen und sich einen besseren Weg zu suchen.

So erging es auch Ada auf ihrem geduldigen Anstieg die Cliffs of Moher hinauf. Der kalte Meereswind zerrte an ihrem nassen Pferdeschwanz und ließ ihren Körper bis auf die Knochen auskühlen. Zugleich schien die Sonne grell vom Himmel, der Schweiß lief Ada in Strömen über die Stirn und brannte ihr in den Augen. Ihre Arme und Beine schmerzten vor Anstrengung, bald zitterte sie vor Erschöpfung am ganzen Leib. Für gewöhnlich konzentrierte sie sich zu einhundert Prozent auf das, was vor ihr lag, doch matt und müde, wie sie war, verirrten sich ihre Gedanken immer wieder zu den vielen Metern leeren Raums direkt unter ihr.

Nach etwas mehr als der halben Strecke kamen Ada die ersten Zweifel, ob sie es schaffen würde. Könnte sie wirklich die anspruchsvollste Klettertour ihres Lebens bewältigen, ohne Partner und kurz nachdem sie in eine Untergrundhöhle hinabgetaucht und eine geheime Verbrecherbasis ausgehoben hatte? Sie spürte, wie ihre Entschlossenheit ins Wanken geriet.

Und so gab sie sich selbst das Versprechen, sich später, wenn sie in Prag waren, von Reina in den einen Laden in Smíchov einladen zu lassen, wo es diese süßen Quarkknödel gab. Sie rief sich den köstlichen Geschmack in Erinnerung und dachte an das Wiedersehen mit Reina, auf das sie sich schon so sehr freute. Das gab ihr die Kraft, ihren Weg fortzusetzen.

Endlich oben angekommen, hievte Ada sich über die Felskante und brach im weichen Gras zusammen.

»Wow«, hörte sie Jace sagen. »Du hast es wider Erwarten geschafft.«

»Jepp.« Zunächst blieb sie bloß mit geschlossenen Augen liegen, die warme Sonne im Gesicht, und ließ ihren Schweiß vom Wind trocknen. Nach einer Weile richtete sich ihr Blick auf Jace, der sich über sie gebeugt hatte, das Seil in der Hand. Sie runzelte die Stirn. »Wo ist Cody?«

»Ach, die musste mal«, antwortete er. »Aber sie hat mir erklärt, was ich machen muss, falls du das Zeichen gibst, während sie noch weg ist.«

»Aha.« Ada überlegte hin und her, ob sie lieber vor dem Aufstieg gewusst hätte, dass der Mensch an der Sicherung null Erfahrung hatte, oder nicht. Eher nicht.

»Glaub mir, Samus, ich hatte dich sicher«, sagte Jace schnell.

Ada lächelte. »Ich weiß.«

»Und?« Er wurde ungeduldig. »Ist da unten irgendwas?«

»Ja, genau wie du vermutet hast: eine Eins-a-Oberbösewicht-Höhle.«

Jace' Augen leuchteten. »Oh, Mann, hätte ich das gerne gesehen. Du musst mir alles erzählen.«

»Hebt euch euren Superschurken-Nerdtalk für später auf«, meinte Cody, die gerade herüberspaziert kam. »Hast du den Hacker's Key gefunden?«

Ada schüttelte den Kopf. »Nein. Aber wir kommen der Sache näher. Die Täterin arbeitet unter dem Decknamen Mother Brain.«

»Wie bei *Metroid*?«, fragte Jace.

»Wie bei *Metroid*«, bestätigte Ada.

»Hmm …« Er wurde nachdenklich. »Ridley hätte ich lässiger gefunden.«

»Was redet ihr zwei Freaks da?«, wunderte Cody sich.

»Egal.« Ada winkte ab. »Was ich sagen wollte: Diese Mother Brain ist anscheinend eine Art Supersöldnerin. Sie kennt mich und meinen Dad und hat Geheimbasen, Atom-U-Boote und was weiß ich noch alles. Sie muss ein richtig dickes Bankkonto haben.«

Codys Stirn legte sich in Falten. »Hört sich an, als …«

»Was?« Misstrauisch kniff Ada die Augen zusammen. Dachte Cody etwa darüber nach, die Seiten zu wechseln?

Doch die wehrte eilig ab. »Nichts, nichts.«

»Das will ich hoffen«, sagte Ada mit drohendem Unterton. »Meinetwegen sprichst du fünfzehn Sprachen, aber mir fallen spontan mindestens fünfzehn Methoden ein, dir die Zähne auszuschlagen. Also falls du auf die Idee kommen solltest, uns zu verraten.«

»Hey, hey, hey.« Jace schob sich zwischen die beiden Mädchen. »Hier schlägt bitte niemand irgendwem die Zähne aus, weil hier auch niemand irgendwen verrät. *Stimmt doch, Cody?*«

»Natürlich nicht«, sagte sie. »Ich fänd's nur gut, wenn wir auch ein bisschen mehr Kapital hätten, verstanden? Was ist so schlimm daran, wenn man auf Reisen gerne etwas Komfort hätte?«

»Es ist verweichlicht«, entgegnete Ada.

Cody stöhnte auf. »*Dios mío*, wie kann man nur so französisch sein! Und du bist ja nicht mal *chic* französisch. Du bist quasi eine Miniaturausgabe eines Pariser Snobs, der immer nur in Schwarz herumläuft und natürlich *viel zu cool* ist für teure Klamotten und schöne Hotels. Und ich bin mir so sicher, dass dein Dad genauso tickt und dass du bloß ein kleines blondes Abziehbild von ihm bist. Warum legst du dir nicht mal eine eigene Persönlichkeit zu, *chiquita* Remy?«

Ada starrte sie an. Woher kam das denn plötzlich? Na gut, sie hatte Cody gedroht, ihr die Zähne auszuschlagen. Aber das war doch nichts Persönliches gewesen. Und im Gegenzug hatte sie einen persönlichen Angriff gestartet.

Eine Attacke, die besonders wehtat, weil an den Worten etwas dran war. Adas Vater war eine starke Persönlichkeit, das wusste sie. Und ja, vielleicht schaute sie ein bisschen zu sehr zu ihm auf. Bei einem solchen Vater aufzuwachsen, ohne dass es einen anderen Menschen als Gegengewicht gab, das war nicht leicht gewesen. Es war schwer, nicht automatisch zu werden wie er. Solange sie bei allem mitmachte, was ihr Vater sich ausdachte, war das Leben ihrer Erfahrung nach immer schön und spaßig gewesen. Sobald sie ihn infrage stellte oder herausforderte, hatte der Spaß bald aufgehört. Und sie hatte ja nirgendwo anders hingehen, hatte sich an niemanden sonst wenden können. Wer auf dieses Leben neidisch war, so wie Emile, der hatte offensichtlich keine Ahnung, wie hart es war. Wie allein sie sich in manchen Momenten fühlte.

»Verstehe.« Ada schaute Cody ins Gesicht, die Augen schmal und kalt wie Eissplitter. »So ist das also.«

»Cody«, sagte Jace, der immer noch zwischen den beiden stand. »Das war jetzt echt übers Ziel hinaus.«

Nach einem kurzen Blick auf ihn sah Cody wieder Ada an. Sie entschuldigte sich aber nicht.

Jace wandte sich gequält lächelnd an Ada. »Samus, ich …«

»Ist schon gut«, fiel Ada ihm leise ins Wort. »Ich bin froh, dass wir endlich geklärt haben, wie sie wirklich von mir denkt.«

»Na, ich wusste ja die ganze Zeit, wie du von mir denkst«, schoss Cody zurück.

Ada war verdutzt. »Wie meinst du das?«

»Du schaust mich doch schon so an, seit wir uns kennen. Du hältst mich für albern, oberflächlich und hinterhältig. Du wolltest mich überhaupt nicht dabeihaben.«

»Stimmt, genau so habe ich von dir gedacht«, gab Ada zu. »Aber seit wir zusammen unterwegs sind, hat sich das geändert. Ehrlich gesagt, habe ich wirklich geglaubt, dass wir uns langsam anfreunden. So kann man sich irren.«

»Moment.« Cody starrte sie ungläubig an. »Du … Du dachtest, wir werden Freundinnen?«

Verletzt, wie Ada war, wollte sie es nicht wiederholen, wollte ihr nicht auch noch diesen Triumph gönnen.

Wieder einmal schritt Jace ein. »Das hat sie doch gerade gesagt, Cody. Und, kommst du dir jetzt nicht ein bisschen blöd vor?«

Für einen Moment schloss Cody die Augen und biss sich auf die Unterlippe. Als sie Ada wieder ansah, war ihre Miene etwas freundlicher. »Na gut. Vielleicht war das eben wirklich übers Ziel hinaus. Das … Es tut mir leid, Ada. Ich bin's wohl einfach nicht gewohnt, richtige Freunde zu haben. Wenn man so ein Leben führt – keine Ahnung, wie man das genau nennen soll –, dann hat man ja nicht viele Gelegenheiten, welche zu finden. Verstehst du?«

Ada beobachtete sie ein paar Sekunden lang und überlegte, ob sie ihr die abrupte Kehrtwende abkaufen sollte. Schließlich erwiderte sie: »Stimmt. Ich hatte bisher auch nicht viele Freunde.«

Es wurde still.

Jace räusperte sich. »Okaaaaay … Ist dann wieder alles klar, Ladys?«

Ada nickte. »Alles klar.«

»Wissen wir eigentlich, wo sich diese sogenannte Mother Brain rumtreibt?«, wechselte Cody das Thema.

»In Prag«, antwortete Ada. »Und ich sag's dir gleich: Wir nehmen den Zug.«

Vor Schreck fielen Cody fast die Augen aus dem Gesicht. »Nach *Prag*!? Das … Das dauert ja zwei Tage oder so!«

»Eher einen«, meinte Ada. »Aber du hast schon recht, es wird eine ziemliche Odyssee.«

»Und warum genau nehmen wir nicht den Flieger?«, fragte Jace nach.

Cody wusste Bescheid. »Adas Theorie nach haben uns die Chinesen nur nach Dublin folgen können, weil sie irgendwie an die falschen Namen in unseren Pässen gekommen sind und diese auf eine Art Beobachtungsliste gesetzt haben.«

»Exakt«, sagte Ada. »An Flughäfen müssen die Namen und Ausweisnummern der Passagiere jeden Flugs registriert werden. Bei Zügen gibt's so was nicht. Wenn wir erst mal auf dem Festland sind, werden die keinen Schimmer haben, wohin wir eigentlich wollen.«

»Dafür wird es eine Ewigkeit dauern«, stöhnte Cody.

»Wir buchen uns Plätze im Schlafwagen«, sagte Ada.

Darüber schien sich zumindest Jace zu freuen. »Echt? Wie im Film? In so einem Teil bin ich noch nie gefahren!«

»Na, hurra«, meinte Cody wenig begeistert. »Und nicht zum ersten Mal staunt der ahnungslose Amerikaner über die unendlichen Möglichkeiten des internationalen Reisens …«

Manchmal sind die Menschen anders, als man denkt

Ohne zu zögern, traten Ada und ihre Freunde die lange Reise nach Prag an. Zuerst kehrten sie mit dem Bus nach Galway zurück, darauf folgte die zweieinhalbstündige Zugfahrt nach Dublin, und dort gingen sie an Bord einer Fähre mit Platz für mehr als einhundert Autos.

Wie jedes Mal staunte Ada über den Anblick all der Blechkisten, die langsam und brav der Reihe nach in den weit geöffneten Schlund des Schiffs rollten. Fahrzeuge in Fahrzeugen. Manche Leute verbrachten die gesamte Strecke im Wagen, die Vernünftigeren aber stiegen aufs Passagierdeck, um das dunkle, aufgewühlte Wasser der Irischen See zu bewundern und ihre kalte, salzige Luft aufzusaugen.

Gut drei Stunden später legte die Fähre im walisischen Holyhead an. Bei der Einreise ins Vereinigte Königreich mussten Ada und ihre Freunde eine Passkontrolle passieren. Sollte die chinesische Regierung – oder irgendeine andere Fraktion, von der sie nichts ahnten – ihre falschen Namen auf der Liste haben, wüssten sie jetzt, in welchem Land sich die Gesuchten aufhielten.

In Holyhead nahmen Ada und ihre Freunde erneut den Zug, der sie durch die englische Provinz bis zur St. Pancras Station in London fuhr. Ada hätte zu gerne wenigstens ein, zwei Tage in der britischen Hauptstadt verbracht. Sie mochte die eigenartige Mischung aus uraltem Mittelalter und ultramoderner Gegenwart und natürlich auch die fettigen, in Zeitungspapier eingewickelten *Fish and Chips*. Doch wenn sie in Prag ankommen wollten, ehe Emile seine Chefin vorwarnen konnte, mussten sie sofort weiter. Also schleppte Ada die anderen geradewegs zum nächsten Zug.

Die St. Pancras Station, eine riesige mehrstöckige Bahnhofshalle, die von einem Glasdach überwölbt wurde, war bevölkert von wahren Menschenmassen. Während sie zum nächsten Gleis eilten, suchte Ada die dichte Menge der Passanten mit aufmerksamem Blick ab. Sollten ihre falschen Namen in Holyhead auf dem Radar ihrer Verfolger aufgetaucht sein, hätten die sich denken können, dass Ada und die anderen als Nächstes nach London wollten. Die Zugfahrt hatte ungefähr dreieinhalb Stunden gedauert – ob ihre Verfolger in der Lage waren, in dieser Zeitspanne Agenten nach London zu verlegen? Ada konnte es nicht wissen.

»Du benimmst dich wie jemand, der bloß nicht entdeckt werden will«, murmelte Cody dicht an ihrem Ohr, während sie zügig die Wartehalle durchquerten. »Wenn du Aufmerksamkeit erregen willst, dann so.«

»Hast recht.« Ada zwang sich dazu, langsamer zu laufen und den Blick geradeaus zu richten. Im Bahnhof herrschte ein solcher Betrieb, dass sie in der Menge ohnehin nicht leicht zu finden sein würden. Und anders als in Galway gab es hier auch jede Menge hochgewachsener Leute.

»Ich bin am Verhungern«, bemerkte Jace.

»Stimmt, stimmt …« Ada schaute sich nach einem traditionellen Fish-and-Chips-Stand um, sah aber nur Kettenrestaurants. Schließlich besorgten sie sich einfach ein paar der fragwürdigen Fertigsandwiches, die es, soweit Ada wusste, nirgendwo sonst auf der Welt gab, und stiegen damit in den Zug nach Amsterdam.

»Wenn wir uns in Prag mit Reina getroffen haben, gibt's was Richtiges zu essen. Versprochen.« Damit ließ Ada sich auf ihren Sitz fallen und begann, die Plastikfolie von der dreieckigen Sandwichschachtel zu pellen.

»Wie ist diese Reina eigentlich so?«, wollte Jace wissen. »Glaube, du hast nie von ihr erzählt.«

»Reina ist eine coole Tschechin, ungefähr so alt wie mein Vater, und manchmal sind die beiden zusammen.«

»Manchmal?« Jace hob den Deckel von der Verpackung seines Thunfisch-Mais-Sandwichs und beäugte es skeptisch.

»Na ja, sie sind beide ungefähr gleich heftig drauf. Manchmal verstehen sie sich also wunderbar und manchmal können sie sich nicht ausstehen. Und weil ich nie genau weiß, ob sie jetzt gerade zusammen sind oder nicht, ist Reina für mich einfach Dads Manchmal-Freundin.«

»Hmm, leuchtet ein«, sagte Jace und nickte Cody zu. »Was ist mit deinen Eltern?«

Cody erstarrte mitten im Kauen. »Was?«, nuschelte sie, den Mund voller Käse, Frühlingszwiebel und Toastbrot.

»Mir ist nur grade aufgefallen, dass ich überhaupt nichts über die beiden weiß«, meinte Jace. »Sind sie noch am Leben? Sind sie noch zusammen? Du weißt ja, dass meine Mom tot ist und mein Dad wie vom Erdboden verschluckt. Adas Mom hat sich auch in Luft aufgelöst, und ihr Dad sitzt hinter Hochsicherheitsgittern. Wie sieht's bei dir aus?«

Nervös zuckte Codys Blick hin und her. Wie angespannt sie plötzlich war ... Ada konnte sich nicht erinnern, sie schon einmal so gesehen zu haben.

»Sie leben beide noch«, antwortete Cody schließlich.

»Und weiter?«, fragte Ada.

»Und ich weiß, wo sie sind.«

»Das heißt, du gehst wieder zu ihnen zurück, wenn das hier vorbei ist?«, sagte Jace.

Eine vernünftige Frage, fand Ada. Doch Cody starrte ihn an, als hätte er sich erkundigt, ob sie sich später in ein Becken voller ausgehungerter Haie stürzen wolle.

»Äh … nein.« Mehr sagte Cody nicht.

»Also kommst du nicht so gut mit ihnen klar?«, hakte Ada nach.

»Was interessiert dich das?«, keifte Cody.

»Hey, ich dachte, wir arbeiten hier an unserer Freundschaft. Nicht, dass ich mich besonders gut damit auskennen würde, aber wenn mich nicht alles täuscht, sollten sich Freunde für so was interessieren.«

»Samus? Lass uns lieber einen Gang runterschalten.« Wie immer musste Jace den Vermittler spielen. »Du siehst doch, dass ihr das zu privat ist.«

»Okay, gut.« Ohne große Begeisterung widmete Ada sich wieder ihrem Ei-Majo-Kresse-Sandwich.

»Mein Dad ist ein Idiot.« Cody sprach leise und sah weder Ada noch Jace an. »Ein Vollidiot. Aber meine Mom will einfach nicht weg von ihm. Und da …«, sie zuckte die Achseln, »da bin ich weg von den beiden.«

»Dann bist du wahrscheinlich schon eine Weile allein?«, sagte Jace.

»Ja.« Immer noch mied sie ihren Blick. »Eine Weile.«

Ada starrte Cody an. Sie sah sie mit ganz neuen Augen. Kein Wunder, dass Cody so schwierig war. Sie war wohl derart gewöhnt ans Alleinsein, dass sie überhaupt keine Ahnung hatte, wie man mit anderen Menschen zurechtkam. Eigentlich komisch. Cody sprach haufenweise Sprachen und konnte extrem gut ihren Willen durchsetzen. Gerade erst hatte sie einen Trupp US-Soldaten reingelegt und einen isländischen Kapitän dazu überredet, ihnen zu helfen. Wie konnte man andere so geschickt manipulieren und bei allen immer genau die richtigen Knöpfchen drücken, sich aber im normalen Leben so irrsinnig schwertun mit anderen Menschen?

»Na, jetzt bist du nicht mehr allein«, sagte Jace zu Cody. »Jetzt hast du uns an der Backe. Stimmt doch, Samus?«

»Na klar«, antwortete Ada.

Cody nickte. »Danke euch.«

Eine Zeit lang saßen sie bloß da und mümmelten schweigend ihre eigenartigen britischen Sandwiches.

Dann räusperte Ada sich. »Weißt du was, Cody? Von den wenigen Erinnerungen her, die ich noch an meine Mom habe, würde ich sagen, sie ist auch eine ziemliche Vollidiotin. Kann das also gut nachvollziehen.«

Cody blickte auf ihr Sandwich hinab. Ihre Mundwinkel bogen sich zu einem schüchternen Lächeln. »Ich hätte nie gedacht, dass ich mal jemanden finde, der mich so gut versteht wie du. Vor allem in meinem Alter.«

»Ja.« Ada ging es genauso. Sie war sich nicht sicher, ob aus Cody und ihr jemals richtige Freundinnen werden könnten. Nicht mal, ob sie Cody wirklich mochte. Doch sie hatten beide eine unglaublich seltsame und einsame Kindheit hinter sich, und es war ein gutes Gefühl, jemanden zu haben, der ... der einfach wusste, wie das war. Ja, vielleicht lag Jace genau richtig. Vielleicht hatte er den passenden Begriff für Cody und sie gefunden: Rivalinnen. Und vielleicht war das ganz okay so.

Es gibt solche und solche Überraschungen

Das Tollste an Zügen, fand Ada, war der Rhythmus. Während Busse und Autos je nach Verkehr andauernd bremsen, beschleunigen oder abstoppen mussten, ging es hier im immer gleichen Tempo voran. Als sie klein gewesen war, hatten Ada und ihr Vater etliche Bahnfahrten unternommen. Das sanfte, monotone Rattern des Waggons im Ohr, starrte sie hinaus auf eine idyllische Landschaft im Mondlicht, und bald war sie eingeschlafen.

Leider wurde Ada schon nach wenigen Stunden wieder munter, weil sie mal musste. Eine Reise durch so viele Zeitzonen brachte jede Menge kleiner, aber anstrengender Probleme mit sich – unter anderem, dass der Körper immer einen Schritt hinterherhinkte.

Als Ada das nächste Mal aufwachte, irgendwo zwischen Berlin und Prag, war es immer noch dunkel. Ihr Schlafwagen bestand aus lauter kleinen Abteilen, in denen auf der rechten und linken Seite jeweils zwei Liegen übereinander angebracht waren, dazwischen befanden sich ein schmaler Gang und das Fenster. Ada lag auf einer der oberen Liegen, Jace auf der darunter, Cody schlummerte oben gegenüber. Tagsüber konnte man die Betten zu Sitzen umklappen – allerdings war gerade diese Doppelfunktion schuld daran, dass man es weder in der einen noch in der anderen Position wirklich bequem hatte. Auf den Liegen lag man zu hart, in den Sitzen sank man zu tief ein.

Sie hätten sich auch einen Luxus-Schlafwagen mit richtigen Betten und eigenem Bad mit Dusche gönnen können, doch das Geld wurde langsam knapp. Ada ging zwar davon aus, dass sie sich in Prag wieder mit Barem eindecken könnten – entweder bei Reina oder im Safe House ihres Vaters –, etwas Vorsicht konnte aber nicht schaden, daher hatte sie sich für das günstigere Abteil entschieden. Und jetzt musste sie im Halbschlaf durch den kompletten Waggon zur Gemeinschaftstoilette ganz am Ende des Gangs stapfen. Das hatte sie nun davon.

Auf dem Rückweg fiel Adas Blick auf die Tür zu ihrem Abteil. Etwas hatte sich verändert.

Mit einem Schlag war sie hellwach. Sie tastete sich langsam näher heran. Sie hatte die Tür ganz zugezogen, davon war sie überzeugt. Jetzt stand sie einen Spaltbreit offen. Ada versuchte ins Abteil zu spähen, konnte aber nur die eine untere Liege mit dem schlafenden Jace erkennen. Lautlos schob sie die Tür weiter auf. Drinnen beugten sich gerade zwei Männer über ihre Rucksäcke, die sie auf der freien Liege unter Cody ausgebreitet hatten. Vom Gang fiel gerade genügend Licht hinein, um zu erkennen, wer es war: die chinesischen Agenten, ihre alten Bekannten aus Irland. Und dummerweise entging den beiden nicht, dass es um sie herum einen Tick heller geworden war. Sie drehten sich zur Tür um.

»Genet!«, rief der Dünne mit den zurückgegelten Haaren.

Ada wich in den Gang zurück. Sollte sie die beiden mit einem Überraschungsangriff überrumpeln? Doch in einer körperlichen Auseinandersetzung mit zwei bestens trainierten und schwer bewaffneten Agenten auf engstem Raum hätte nicht einmal sie selbst auf sich gewettet. Außerdem war unklar, ob sich Jace und Cody als

Hilfe erweisen oder nur gute Geiseln abgeben würden. Wobei, vielleicht könnte man …

»Genet!«

Vom Ende des Gangs hallte eine andere Stimme herüber – eine mit amerikanischem Akzent.

Ein Mann und eine Frau kamen auf Ada zu, beide dermaßen seriös gekleidet, dass man sie schon von Weitem für CIA-Agenten halten musste. Arbeiteten die Amerikaner und die Chinesen etwa zusammen? Bitte nicht, dachte Ada. So oder so blieb ihr jetzt nur noch eine Möglichkeit zu handeln. Und sie konnte nur noch in eine Richtung. Ada rannte den Gang hinunter, auf das Ende des Zugs zu, vier Agenten im Nacken. Wenigstens lockte sie die Bande auf diese Weise weg von ihren Freunden.

»Agent Zhao!«, rief der Amerikaner hinter ihr. »Was haben Sie hier zu suchen?«

»Dasselbe könnte ich Sie fragen, Agent Watts«, erwiderte der Chinese mit den zurückgegelten Haaren.

»Holen wir uns erst mal das Mädchen«, schlug Watts vor. »Alles andere klären wir später.«

»Einverstanden.«

Ada hatte auf einen Streit zwischen den Agenten gehofft, doch dafür waren die vier offenbar zu gut ausgebildet. Fürs Erste hatten sie sich verbündet – und zwar gegen Ada. Sie beschleunigte ihre Schritte weiter.

Im nächsten Wagen, einem mit normalen Sitzreihen, herrschte Ruhe. Einige Fahrgäste waren schnarchend in sich zusammengesunken, andere arbeiteten im gedämpften Licht am Laptop, ihr Gesicht in ein geisterhaftes Schimmern getaucht. Ada erwog, sich auf einen freien Platz zu schieben und darauf zu setzen, dass die

Agenten einfach an ihr vorbeihetzen würden. Aber nein, dafür waren die vier noch zu dicht hinter ihr. Das würde nur hinhauen, wenn sie für einen Moment außer Sicht waren. Also musste Ada den Abstand zu ihnen vergrößern.

Sie sprang hoch und zerrte wahllos Gepäck von der Ablage über den Sitzen, bis sich im Gang Koffer, Taschen und Rucksäcke türmten.

»Oi!«

»Zum Teufel!«

»Co to sakra!«

Verständlich, dass die Fahrgäste nicht gerade begeistert waren und sich in allen möglichen Sprachen beschwerten.

»Pardon, pardon«, murmelte Ada im Rennen.

Bei einem kurzen Blick über die Schulter sah sie, wie die Agenten über Gepäckstücke stolperten und sich dabei auch noch die erbosten Fahrgäste vom Hals halten mussten. Mit etwas Glück hatte Ada bereits genügend Zeit gewonnen, um sich im nächsten Wagen zu verstecken.

Dann stieß sie die Tür auf, und ihre Hoffnung zerschlug sich. Keine Chance. Sie war im Speisewagen gelandet – der so tief in der Nacht praktisch leer war. Wie sollte sie in einer Gruppe von Menschen untertauchen, wenn hier kaum jemand war? Ada rannte weiter.

Als sie an der Bar vorbeihetzte, sah sie an deren Rand einen Eiskübel stehen. Spontan stieß sie ihn um, und die Eiswürfel ergossen sich in den ganzen Gang.

»Dávej pozor!«, rief der Mann hinter der Theke auf Tschechisch.

»Promiňte«, entschuldigte Ada sich. Auch wenn sie die Sprache nicht fließend beherrschte, kannte sie immerhin die wichtigsten

Wörter und Satzbrocken wie »Hallo«, »Danke«, »Wo ist die nächste Toilette?« und eben »Entschuldigung«. Es war ihr unangenehm, Angestellten Ärger zu machen oder Fahrgäste zu nerven, die rein gar nichts mit ihr und ihren Problemen zu tun hatten, doch wenn das Eis zumindest ein paar Agenten zu Fall bringen würde … In Adas Kopf hatte nämlich eine neue Idee Gestalt angenommen, und um diese in die Tat umzusetzen, musste sie den Abstand zu ihren Verfolgern noch einmal deutlich vergrößern.

Diesmal nahm sie sich nicht die Zeit für einen Blick zurück, hörte aber, wie die Agenten hinter ihr durch die Tür des Speisewagens brachen. Einer von ihnen stöhnte auf – er war ausgerutscht und zu Boden gegangen. Ein Getöse aus Krachen und Klagelauten erhob sich, denn die nächsten Verfolger stolperten entweder über den Gestürzten oder rutschten ebenfalls auf dem glatten Untergrund aus.

Mit einem Ruck riss Ada die hintere Tür des Speisewagens auf, trat in den halboffenen Übergang zwischen den beiden Waggons, knallte die Tür hinter sich zu und schob die zum nächsten Wagen auf. Doch statt weiterzurennen, wandte sie sich zur Seite und stieg über die hier angebrachte Leiter auf das Dach des Speisewagens.

Dort legte sie sich flach auf den Bauch und beobachtete den Wagenübergang. Alle vier Agenten eilten hinüber in den nächsten Waggon. Wäre Ada gleich wieder nach unten gesprungen, hätten sie sie aber vielleicht doch noch gesichtet. Deshalb beschloss sie, auf Nummer sicher zu gehen und über das Zugdach zum Schlafwagen zurückzukehren.

Nummer sicher war in diesem Fall verdammt gefährlich.

Dabei war sie nicht einmal auf einem Hochgeschwindigkeitszug unterwegs – dann wäre das Ganze ein Ding der Unmöglichkeit gewesen. Aber auch dieser Zug war immerhin mit ungefähr 160 Kilometern pro Stunde unterwegs. Langsam und bewusst setzte Ada einen Fuß vor den anderen, breitbeinig, ihr Schwerpunkt tief. So stemmte sie sich gegen den Fahrtwind, der locker als mittelschwerer Orkan durchgegangen wäre. Es fühlte sich an, als würde sich die Haut ihres Gesichts im Luftzug verzerren wie in einer Zeichentrickserie, die brennenden Tränen in ihren Augen raubten ihr die Sicht und ihr war richtig, *richtig* kalt. Im Film sahen solche Aktionen immer unglaublich leicht aus. Noch so ein Fall für die Top Ten des größten Blödsinns, der im Kino verzapft wurde.

Ada fragte sich, ob sie nicht schon einen Waggon früher ins Innere zurückkehren und durch den ruhigen Wagen laufen könnte. Dann fielen ihr die verärgerten Leute ein, deren Gepäck sie auf den Boden gepfeffert hatte, und sie überlegte es sich wieder anders. Da war ihr sogar eine weitere Wagenlänge eisiger Wind lieber.

Endlich hatte sie das Ende des Wagens erreicht. Mit beiden Händen krallte sie sich in die Dachkante, rollte sich hinunter auf den Übergang und schlich sich in den Schlafwagen hinein. Ob Jace und Cody wohl noch schliefen? Oder waren sie durch die lauten Stimmen aufgewacht? Wie auch immer – hoffentlich, hoffentlich waren die beiden brav im Abteil geblieben, wo sie sich doch extra die Mühe gemacht hatte, die Agenten von ihnen wegzulocken …

Schärfe den Blick dafür, wer sich als Verbündeter eignet

Jace stand mit besorgter Miene im Schlafabteil.

»Samus! Da bist du ja!«

Cody dagegen wirkte kein bisschen beunruhigt. Sie saß auf der unteren Liege und bürstete sich sorgfältig ihr langes kastanienbraunes Haar. »Er wollte dich schon suchen gehen.«

»Klar wollte ich das!«, rief Jace. »Da waren doch, keine Ahnung, vier Leute oder so hinter dir her!«

Ada lächelte. »Lieb von dir, aber wenn ich nebenbei noch den Zug nach dir hätte absuchen müssen, wäre es auch nicht leichter gewesen, die Bande abzuschütteln. Und am Ende hättest du dich noch schnappen lassen.«

»Genau das wollte ich ihm auch verklickern«, meinte Cody. »Und, wie ist die Lage?«

»Schwer zu sagen. Jedenfalls haben wir sowohl chinesische als auch amerikanische Agenten an Bord. Fragt mich nicht, wie die uns hier gefunden haben, aber wir sollten uns lieber schleunigst in Bewegung setzen.«

Jace wunderte sich. »Äh, sitzen wir nicht mit denen in einem Zug fest? Wo sollen wir denn bitte hin?«

»Ich habe sie ganz nach hinten gelockt«, berichtete Ada. »Dadurch sollten wir ein paar Minuten gewonnen haben. Aber stimmt schon, irgendwann werden sie am Ende des Zugs ankommen und kapieren, dass ich wieder zurück bin. Ich würde sagen, wir tauchen in einer Gruppe von Leuten unter. Auf die Art haben wir noch die besten Chancen, ihnen bis Dresden aus dem Weg zu gehen und dann unbemerkt auszusteigen.«

»Und dann?«

Ada zuckte mit den Schultern. »Das überlegen wir uns später. Gibt bestimmt einen Bus von Dresden nach Prag.«

»Bäh«, machte Cody. »Busfahren finde ich noch schlimmer als Zugfahren.«

Dafür erntete sie einen wütenden Blick von Ada. »Oder du beschäftigst die Agenten, damit Jace und ich in Ruhe den Bus nehmen können. Zur Belohnung buchen sie dir sicher einen bequemen Platz im nächsten Flieger nach Springfield.«

»Da gehe ich nie wieder hin«, stellte Cody klar. »Niemals.«

»Okay, dann nehmen wir wohl alle den Bus«, sagte Ada. »Außer du weißt was Besseres.«

Cody stieß ein tiefes, wehmütiges Seufzen aus. »Na schön. Mischen wir uns bis Dresden unters Volk. Kommt! Irgendwo in diesem lustigen Bummelzug muss doch jemand hocken, der es wert ist, daneben Platz zu nehmen ...«

Eines war Ada klar: Wenn es darum ging, das Vertrauen anderer Fahrgäste zu gewinnen, damit diese ihnen – zumindest vorübergehend – Unterschlupf gewährten, war Cody ihr größter Trumpf. Deswegen konzentrierte Ada sich darauf, nach den Agenten Ausschau zu halten, während sie und Jace in Codys Gefolge loszogen und in den nächsten Wagen in Fahrtrichtung wechselten.

Dort fand sich offenbar niemand, der es in Codys Augen »wert« war, sich daneben niederzulassen. Es ging weiter in den nächsten

Waggon und in den übernächsten. Schließlich erreichten sie die erste Klasse, einen Wagen, in dem es keine Sitzreihen gab, sondern Abteile mit Platz für jeweils sechs Personen.

Cody grinste. »Schon besser.«

Da musste Ada seufzen. »War ja klar, dass du nur auf die erste Klasse gewartet hast.«

»Vertraut mir einfach, ja?«, entgegnete Cody.

Die Abteile lagen auf der linken Wagenseite, an der rechten führte der Gang entlang. Jedes Abteil hatte eine eigene Tür, allerdings mit einem Fenster, das einen Blick ins Innere gewährte. Zu Adas Überraschung waren etliche Kabinen leer.

»Bin anscheinend nicht die Einzige, die die erste Klasse überteuert findet«, murmelte sie.

»Wieso verstecken wir uns nicht in einem leeren Abteil?«, fragte Jace. »Schaut, da kann man einen Vorhang vors Fenster ziehen.«

Cody winkte ab. »Das wäre zu offensichtlich. Ein Abteil mit zugezogenem Vorhang? Da gucken die doch als Erstes nach. Nee, wir ...« Als ihr Blick das Türfenster eines anderen Abteils streifte, lächelte sie. »... wir setzen lieber auf den Abschreckungseffekt!«

Ada und Jace sahen nach, was ihre Aufmerksamkeit erregt hatte – in dem Abteil fläzten sich drei junge Mädchen auf den Sitzen, vielleicht gerade noch Teenager oder schon Anfang zwanzig, und unterhielten sich laut auf Deutsch. Ihre Haut war gespickt mit Piercings und übersät von Tattoos, und gekleidet waren sie in zerfetzte Jeans und Lederjacken mit Nieten.

»Die da?« Jace war skeptisch. »Sorry, aber die sehen irgendwie fies aus.«

»Glaub mir, das sind unsere Leute«, widersprach Cody. »Lasst mich einfach machen, klar?«

Sie klopfte an die Tür, öffnete sie aber sofort, ohne dass die drei im Abteil überhaupt reagieren konnten. Augenblicklich stürzte Cody sich in einen atemlosen Vortrag auf Deutsch. Ada beobachtete, wie der Blick der Mädchen rasch von Wachsamkeit in Wut umschlug, und sie war sich sicher, dass sie dank Cody nun ein Problem mehr hatten.

Doch plötzlich sagte die eine: *»Ja, ja«* und winkte sie ins Abteil hinein.

Murmelnd wandte Ada sich an Cody: »Was hast du ihnen erzählt?«

»Die Wahrheit«, antwortete Cody. »Dass wir von ein paar gruseligen Typen verfolgt werden.«

Ada nickte. »So kann man es zusammenfassen.«

Um ihnen Platz zu machen, rückten die drei Mädchen zum Fenster. Ada setzte sich neben eine mit blonden Locs und schwarzen Tunneln in ihren riesigen Ohrläppchen. Auf der Gepäckablage stapelten sich Gitarren und Schlagzeugteile. Waren sie an eine Girl-Punkband geraten, oder wie?

»Oh, äh, hallo, die Damen«, sagte Jace unbeholfen.

»Ich bin Hannah«, stellte sich eines der Mädchen auf Englisch mit starkem deutschem Akzent vor. Sie war Schwarz, und ihr fröhlicher Ton schien nicht so recht zu den tätowierten Totenköpfen und Dämonen auf ihren nackten Armen zu passen.

»Ich bin Greta«, sagte die Blonde neben Ada. Auch ihr war die deutsche Muttersprache anzuhören. Greta zeigte auf die Dritte im Bunde, eine Braunhaarige mit Rosentattoo auf der Wange und Ring in der Unterlippe. »Das ist Nele. Ihr Englisch ist sehr, sehr schlecht, aber sie versteht das meiste.«

»Hi!« Nele begrüßte sie mit einem Winken und einem herzlichen Lächeln.

»Okay«, sagte Hannah. »Wie sind eure Namen und woher seid ihr?«

»Ich bin Cody und ich komme ursprünglich aus Chile.«

»Jace. Ich komme aus Amerika.«

»Welches Amerika?«, fragte Greta.

Er sah sie verwirrt an. »Was soll das heißen, welches Amerika?«

»Sorry, unser Freund ist aus den Staaten«, schaltete sich Ada ein. »Die vergessen ständig, dass es in Nord-, Süd- und Mittelamerika auch noch ein paar andere Länder gibt.«

Darüber musste Greta lachen. »Ich verstehe, ich verstehe. Und du? Du kommst nicht aus den USA?«

Ada zuckte mit den Achseln. »Ich komme von überallher.«

»Sie heißt Ada, und sie ist so französisch, dass man es manchmal kaum aushält«, sagte Cody.

Ada starrte sie entnervt an.

»Okay, und was sind das für Gruseltypen, die euch verfolgen?«, fragte Hannah weiter.

Es entstand ein unangenehmer Moment der Stille. Ada, Cody und Jace sahen sich an. Sollten sie lügen? Wenn ja, was für eine Story sollten sie erzählen?

Noch bevor eine von ihnen antworten konnte, hörte Ada draußen auf dem Gang eine vertraute Stimme.

Agent Zhao war merklich aufgebracht. »Ich könnte genauso gut behaupten, sie sei *Ihnen* entwischt.«

Ada drängelte sich zu Jace in die Ecke. Dort sollten sie vom Türfenster aus nicht zu sehen sein. »Sie kommen!«, flüsterte Ada.

Cody rutschte in die andere Ecke und blickte die drei deutschen Mädchen flehend an. »Tut einfach so, als wären wir nicht da.«

Ein Nicken von Hannah, und die drei plapperten lautstark auf Deutsch los. Ada hatte den Eindruck, dass sie es vielleicht sogar ein bisschen übertrieben, denn sie benahmen sich noch ausgelassener als zuvor, rempelten sich gegenseitig lachend an. Doch was blieb ihr anderes übrig, als sich mit Jace in den Winkel zu quetschen, wo sie außer Sicht waren? Ein Ohr an die Wand gelegt, versuchte sie, ihre Verfolger zu belauschen.

»Also noch mal, Zhao«, hörte sie Agent Watts sagen. »Irgendwo in diesem Zug *muss* sie sein! Worauf ich hinauswill: Wenn wir zu viert daran scheitern, ein kleines Mädchen zu finden …«

Für einen Moment wurde es still. Bis Zhao in gedämpftem Ton einräumte: »Korrekt. Es würde kein gutes Licht auf uns werfen.«

»Eben«, erwiderte Watts. »Fürs Erste durchkämmen wir den Zug nur oberflächlich – schon in zehn Minuten hält er in Dresden. Sollten wir die Kinder bis dahin nicht aufgestöbert haben, werden sie mutmaßlich versuchen, dort die Flucht zu ergreifen. Dann können wir sie einkassieren. Sollten sie wider Erwarten aber doch an Bord bleiben, hätten wir bis zum nächsten Halt genügend Zeit für eine gründliche Durchsuchung jedes einzelnen Abteils.«

»Einverstanden«, sagte Zhao.

Das, fand Ada, hörte sich nicht gut an. In Dresden würden die Agenten die Augen offen halten – es wäre nicht leicht, unbemerkt auszusteigen. Doch wenn sie stattdessen im Zug blieben, könnten sie sich nicht einfach bis Prag in diesem Abteil verkriechen. Damit würden sie niemals durchkommen. Es musste ein neuer Plan her.

»Haben Sie schon in diesem Abteil nachgesehen?«, fragte Zhao draußen.

Ada wollte lieber keinen Blick riskieren, aber wie es sich anhörte, standen die Agenten nun direkt auf der anderen Seite der Tür.

Als Nele die vier Anzugträger durch das Fenster musterte, verzerrte sich ihr liebenswürdiges Gesicht auf einmal zu einer Furcht einflößenden Fratze. Sie rief etwas auf Deutsch und machte dazu eine unverschämte Handbewegung. Dann brachen die drei Mädchen in Gelächter aus.

»Teenager …«, murmelte Watts säuerlich, und die Agenten gingen weiter.

»Es ist überall auf der Welt die gleiche Plage«, pflichtete Zhao ihm bei, bevor ihre Stimmen im Rattern des Zuges verklangen.

Ada seufzte. »Sie sind weg.«

»Das waren sie?« In Hannahs Augen leuchtete pure Neugier. »Die sahen nicht nach normalen Gruseltypen aus. Die sahen aus wie …«

»Wie im Kino«, warf Greta ein. Auch sie wirkte ziemlich aufgekratzt.

»CIA«, meldete sich Nele zu Wort.

Als sie die Begeisterung in den Gesichtern der Mädchen sah, kam Ada eine Idee. Es wäre ein Risiko, aber wie sagte ihr Vater immer? Bei manchen Leuten hat man einfach so ein Gefühl.

»Das waren Geheimagenten«, bestätigte sie.

»Ada?« Cody blickte sie an, als wäre sie nicht einverstanden mit ihrem Plan. Doch für Zweifel war es zu spät.

»Aus welchem Land?«, fragte Greta. »Aus den USA?«

»USA und China«, erwiderte Ada.

Aufgeregt beugten sich die drei Deutschen vor, und Hannah fragte: »Leute, wer seid ihr eigentlich? Seid ihr auf der Flucht oder …?«

Jace zuckte zusammen. »Auf den Gedanken bin ich noch gar nicht gekommen, aber wenn man so will: ja, sind wir.«

»Wir sind aus einer Militärakademie abgehauen«, sagte Ada. »Sie dachten, da können sie uns in den Griff kriegen, aber wir wollen uns nicht von irgendwelchen Behörden ausnutzen lassen. Und deshalb sind wir geflohen.«

Nichts davon war gelogen, doch Ada stellte ihre Geschichte gezielt so dar, dass die Mädchen hoffentlich darauf anspringen würden. Ihren Reaktionen nach zu urteilen, hatte sie es ganz gut hinbekommen.

»Wow, ist das cool!«, rief Greta.

»Können wir euch noch irgendwie helfen?«, fragte Hannah schnell.

Ada nickte. »Da wäre wirklich noch was. Steigt ihr zufällig in Dresden aus?«

Mach dich nicht selbst fertig

Zu dritt um das Zugfenster versammelt, beobachteten Ada, Jace und Cody den Dresdner Bahnsteig. Nach ein paar Minuten sahen sie Hannah, Greta und Nele aus dem Zug steigen. Nur dass Hannah inzwischen Adas Jacke trug, Greta die von Jace und Nele die von Cody. Alle drei hatten die Kapuze hochgeschlagen und eine Mütze auf dem Kopf.

Binnen Sekunden stürzten sich die vier Agenten auf die Mädchen. Agent Watts wirbelte Hannah herum, ihren Arm fest im Griff. Als er in ihr grinsendes Gesicht blickte, färbte sich sein eigenes dunkelrot und er brüllte sie an. Hannah zuckte mit den Schultern, verdrehte die Augen und schürte seinen Zorn dadurch noch weiter.

Ada wünschte, sie hätte seinen Wutausbruch länger genießen können, doch der Zug fuhr bereits wieder an und die Agenten blieben auf dem Bahnsteig zurück.

»Junge, war das knapp«, sagte Jace.

»Und du fandest die drei ›fies‹«, entgegnete Cody.

Er nickte feierlich. »Fortan will ich nie wieder einen Menschen nach der Anzahl der Löcher in seinem Gesicht beurteilen.«

»Und, bist du jetzt zufrieden?«, wandte Ada sich an Cody.

»Dass ich nicht mit einem versifften Bus fahren muss? Oh ja.«

»Wie lange noch bis Prag?«, erkundigte Jace sich.

»Rund zwei Stunden«, antwortete Ada.

»Glaubst du, wir sind die Bande jetzt endgültig los?«, fragte er.

Sie schüttelte den Kopf. »Solange wir nicht wissen, wie die uns hier gefunden haben, können wir nicht ausschließen, dass sie's noch mal hinkriegen. Wir haben irgendwas übersehen. Wenn ich nur wüsste, was.«

»Ja«, sagte Jace. »Man könnte fast meinen, die hätten uns einen …«

Für einen Moment verstummte er.

Dann riss er die Augen weit auf. »Nein! Ich bin so dumm!«

»Was ist?«, fragte Cody.

»Uaaahhh …«, machte Jace. So abgrundtief frustriert hatte Ada ihn noch nie gesehen. »Nicht zu fassen, dass mir das erst jetzt auffällt.«

Ada beugte sich vor. »Was, Jace?«

Er schlug sich die Hände vors Gesicht. »An dem Tag, wo du abgehauen bist. Da haben sie mich auf die Krankenstation gerufen. Die Schwester hat gesagt, sie wäre ihre Akten durchgegangen und hätte festgestellt, dass bei ein paar von uns die letzte Tetanus-Impfung vergessen wurde.«

»Das kann doch nicht …«

Jace blickte sie gequält an. »Doch.«

»Wie, wo, was?«, meinte Cody.

»Das war keine Tetanus-Auffrischung«, erklärte Jace es ihr. »Die müssen mir einen Miniaturpeilsender eingepflanzt haben. Unter die Haut meines Arms. Darüber habe ich ihnen die ganze Zeit unseren Standort übermittelt.«

Ada hatte verstanden. »Ms. North hat geahnt, dass ich auf jeden Fall noch mal mit dir sprechen würde.«

»Und sie konnte sich denken, dass ich auf jeden Fall mitkomme, wenn es um den Hacker's Key geht.« Wut und Frust ließen Jace' Gesicht verhärten. »Sie hat mich reingelegt. Wie konnte ich nur so dumm sein, das nicht zu durchschauen?«

»Zu dem Zeitpunkt wusstest du nicht mal, dass ich abgehauen war«, erwiderte Ada. »Du musst dir deswegen keine Vorwürfe machen.«

»Aber jetzt ist es so offensichtlich.«

»Ich weiß«, meinte Ada, »ich weiß. Aber mein Dad sagt immer: Es ergibt keinen Sinn, sich selbst fertigzumachen. Das kann man getrost dem Rest der Welt überlassen.«

Jace stieß ein bitteres Lachen aus. »Da hat er wahrscheinlich recht. Es tut mir leid, Leute.«

»Die eigentliche Frage ist doch: Wie verhindern wir, dass sie uns immer wieder finden?«, stellte Ada fest. »Wir wissen jetzt zwar, wie sie's machen, aber ...«

»Kein Problem.« Cody wühlte in ihrem Rucksack. »Das Teil ist unter der Haut?« Sie ließ ein Springmesser aufschnappen. »Dann schneiden wir es raus.«

»Mooooment.« Jace hob die Hände. »Warum hast du überhaupt so ein Ding dabei?«

Schulterzuckend betrachtete Cody die glitzernde Schneide. »Man kann nie wissen, wann man ein gutes Messer braucht.« Sie richtete den Blick wieder auf Jace. »Zum Beispiel jetzt.«

»Nee. Nee.« Unter heftigem Kopfschütteln rückte er so weit nach hinten, wie es in dem engen Abteil möglich war. »Ich lasse mich garantiert nicht von dir aufschlitzen. Die Klinge ist ja nicht mal steril.«

»Jetzt sei kein Baby«, sagte Cody. »Das wird halb so schlimm.«

»Das wird gar nicht.«

»Jace«, mischte sich Ada ein. »Wir müssen die Typen loswerden. Fällt dir irgendwas ein, wie wir den Peilsender sonst noch unschädlich machen können?«

Jace dachte einen Moment lang nach und strahlte dann vor Erleichterung über das ganze Gesicht. »Ja! Jetzt, wo du fragst, da fällt mir wirklich was ein.«

»Bevor wir in Prag ankommen?«, hakte Ada nach. »Wäre nicht gut, wenn die wüssten, wohin wir wollen.«

»Zwei Stunden, hast du gesagt?« Er wühlte in seinem Rucksack. »Das ist zu schaffen. Jepp, das kriege ich hin.«

Es hörte sich an, als wollte er ebenso sehr sich selbst überzeugen wie seine Mitstreiterinnen. Ada konnte aber verstehen, dass er nicht gerade wild darauf war, Cody an sich herumschnippeln zu lassen. Wie sie das Messer in der Hand drehte ... Da war ein Tick zu viel Vorfreude dabei.

Jace kramte die elektronischen Bauteile hervor, die er sich in Galway besorgt hatte. Wie es aussah, hatte er an einem neuen Funkgerät gearbeitet, doch das zerlegte er nun mit ein paar schnellen Handgriffen fast vollständig. Eine ganze Weile lang sahen Ada und Cody ihm beim Werkeln zu. Es herrschte angespannte Stille, keine der beiden wollte seine Konzentration stören. Endlich seufzte er und hielt das Ergebnis in die Höhe: eine kleine Leiterplatte mit zwei herabhängenden Drähten.

»Hat irgendwer einen Kaugummi dabei?«, fragte Jace.

»Na klar.« Cody zog ein Döschen aus ihrem Rucksack und reichte es ihm.

Im Kauen krempelte Jace seinen Ärmel hoch. Er riss den Kaugummi in zwei Stücke und klebte sich damit einen Draht an die beiden Seiten seines Bizeps. Die Leiterplatte, an der die Kabel hingen, übergab er Ada. Darauf war eine Uhrenbatterie angebracht, und auf dieser befand sich ein kleiner Knopf aus Plastik.

»Okay«, meinte Jace. »Auf mein Kommando drückst du den Knopf und hältst ihn gedrückt. Du zählst bis drei und lässt ihn sofort wieder los.«

Jetzt wusste Ada, was er vorhatte. Durch Betätigen des Schalters würde sie eine Verbindung zwischen der kleinen, runden Batterie und der Leiterplatte herstellen. Elektrischer Strom würde durch den einen Draht, quer durch Jace' Oberarm und auf der anderen Seite in den zweiten Draht hinein fließen. Sie würde also den Stromkreis schließen und so einen Schlag durch Jace' Arm jagen. »Du willst den Peilsender wegbrutzeln?«, fragte Ada.

»Ja.«

»Das wird aber wehtun«, warnte sie. »Sehr wehtun.«

»Immer noch besser, als mich von unserer reizenden Jason Vorhees in Stücke schneiden zu lassen.« Mit dem Kinn deutete er auf Cody, die immer noch mit dem Messer spielte.

»Also wirklich!«, rief sie, offenbar einerseits beleidigt und andererseits geschmeichelt.

»Außerdem muss ich mir dann wenigstens keine Gedanken über die Infektionsgefahr machen«, schob Jace hinterher.

»Da hast du natürlich recht«, sagte Ada. »Bereit?«

Er atmete tief ein – und nickte.

Als sie den Knopf drückte, jaulte Jace laut auf. Drei Sekunden lang zuckte sein Arm unkontrolliert hin und her. Ada ließ den Knopf wieder los, und Jace fiel rückwärts gegen die Lehne, sein Arm hing schlaff herab.

»Das hat echt mal wehgetan«, stöhnte er.

»Habe ich dir doch gesagt.« Behutsam pulte Ada die kaugummiverklebten Kabel von seiner Haut. »Eine leichte elektrische Verbrennung«, stellte sie fest. »Sieht nicht allzu schlimm aus.«

»Ich habe auch was gegen Verbrennungen da.« Cody reichte ihr eine Tube mit antibiotischer Salbe.

Ada tupfte ein bisschen was davon auf die roten Schwielen auf Jace' Haut. »Kannst du ihn bewegen?«

Zögerlich hob er den Arm an. »Ist aber recht schmerzhaft.«

»Wie zu erwarten nach solchen Muskelkrämpfen«, meinte Ada.

»Und woher wollen wir wissen, ob's geklappt hat?«, fragte Cody.

Jace schüttelte den Kopf. »So eine Attacke kann das Teil nicht überlebt haben. Die haben keine Ahnung mehr, wo wir sind.«

»Zumindest die Amerikaner nicht«, sagte Ada.

Er verzog das Gesicht. »Wie bitte?«

»Die haben uns auf diese Art geortet, klar. Aber was ist mit den Chinesen?«

»Ich dachte, die Amerikaner und die Chinesen arbeiten zusammen?«, erwiderte Jace. »Du hast doch gesagt, die haben sich alle zusammen in diesem Kämmerlein über deinen Dad unterhalten.«

»Und trotzdem. So wie es sich angehört hat, waren Watts und Zhao – also die beiden Agenten – ziemlich überrascht, sich hier wiederzusehen.«

»Na super.« Die Augen geschlossen, ließ Jace sich erneut nach hinten sinken.

»Wie siehst du das, Cody?«, fragte Ada.

»Wie sehe ich was?«

»Das mit den Chinesen«, sagte Ada.

»Was soll mit denen sein?« Cody blickte sie fragend an.

»Na, woher wissen die deiner Meinung nach jedes Mal, wo wir sind?«

»Oh«, machte Cody. »Weiß nicht?«

Als Ada sie so ansah, keimte in ihr ein Verdacht auf. Sonst hatte Cody zu allem etwas zu sagen, musste immer Bescheid wissen, doch sobald sie nach den Chinesen gefragt wurde, stellte sie sich dumm. Hatte sie den chinesischen Geheimdienst etwa die ganze Zeit auf dem Laufenden gehalten und zugleich Jace vorgeworfen, beim Hacken zu pfuschen? Aber wenn ja – warum?

Cody kniff die Augen zusammen. »Du schaust mich so komisch an. Was geht dir durch den Kopf?«

Sicher, es war nur eine Vermutung. Doch je länger Ada darüber nachdachte, desto mehr Kleinigkeiten fielen ihr ein. Etwa Codys ausgedehnte Ausflüge zur Toilette, nicht zuletzt, als Ada selbst an der Felswand gehangen hatte … Cody hätte reichlich Gelegenheiten gehabt, jemanden zu kontaktieren. Trotzdem, warum sollte sie das tun? Hatten die Chinesen ihr eine höhere Geldsumme versprochen, sollten sie mit ihrer Hilfe an den Schlüssel kommen?

Gut möglich, dass Cody dachte, sie hätte Ada erfolgreich für dumm verkauft. Doch Ada konnte den Spieß genauso gut umdrehen. Sie schenkte ihrer Rivalin ein freundliches Lächeln und winkte ab. »Ist egal. Nur so Nerdkram.«

»Okay, bleib mir ja weg damit.« Cody wandte sich ab und schien mit einem Mal voll auf ihre Fingernägel konzentriert zu sein.

»Hey«, sagte Jace da. »Was ist eigentlich mit den Russen?«

»Was soll mit denen sein?«, fragte Ada.

»Die haben sich seit Baltimore nicht mehr blicken lassen. Aber woher wusste dieser Schukov damals eigentlich so genau, wo wir waren?«

Ada runzelte die Stirn. An die Russen hatte sie tatsächlich überhaupt nicht mehr gedacht, schließlich waren sie seit dem letzten Zusammentreffen von der Bildfläche verschwunden. Andererseits wäre es sehr untypisch für die russischen Behörden, sich eine Gelegenheit wie den Hacker's Key entgehen zu lassen. Vor allen Dingen, wenn sowohl die USA als auch China im Rennen waren. Früher oder später würden sie mit Sicherheit wiederauftauchen – nur wann genau? Und was vielleicht noch wichtiger war: Wie würden sie sich verhalten?

Verlust gehört zum Leben

Von allen Städten auf der Welt fand Ada Prag am besten. Prag war cool, aber nicht angeberisch, wunderschön, aber nicht kitschig, und obwohl der Tourismus eine große Rolle spielte, musste man sich nur ein bisschen auskennen, um trotzdem ohne viel Geld durchzukommen. In den verwinkelten Kopfsteinpflastergassen der Altstadt rund um die ganzen gotischen Kirchenbauten wimmelte es allerdings immer von Touristen. Nach ihrer Ankunft hielten sich Ada und die anderen deswegen nicht lange im Stadtzentrum auf. Ada führte Jace und Cody lieber zur U-Bahn und fuhr mit ihnen hinaus nach Smíchov, denn dort wohnte Reina.

»Ich kann's kaum erwarten, sie euch vorzustellen«, sagte Ada, als sie den U-Bahnhof verließen, um die Abkürzung durch das gleißend helle, stets geschäftige Nový-Smíchov-Einkaufszentrum zu nehmen.

»Und dieser Reina wird es ganz sicher nichts ausmachen, dass wir … wie soll ich sagen … dass wir von Agenten aus aller Herren Länder gejagt werden?«, fragte Jace.

»Nein, wieso? Glaub mir, wenn sie mit meinem Vater klarkommt, ist ihr keine Herausforderung zu groß. Außerdem ist sie selber Diebin, nur spezialisiert auf Kunst und Antiquitäten.«

»Und du glaubst, sie könnte wissen, wo diese sogenannte Mother Brain steckt?«, sagte Cody.

»Sie wüsste es jedenfalls, wenn in Prag plötzlich irgendwer groß mitmischt, der vorher noch nicht da war. Das ist ihr Revier.«

Inzwischen hatten sie das Einkaufszentrum durchquert. Zurück im Freien, führte Ada die anderen über die zweispurige Štefánikova-Straße und danach am Portheimka-Park entlang, einem schmalen Grünstreifen mit Platz fürs Hundeausführen. An dessen Ende bog sie in die Preslova-Straße ein.

»Wir sind fast da«, sagte Ada und konnte es kaum noch erwarten.

Sie war selbst überrascht von ihrer riesigen Vorfreude. Okay, sie hatte Reina seit zwei Jahren nicht gesehen, bestimmt lag es auch daran – aber da war noch mehr. Reina konnte nichts aus dem Gleichgewicht bringen. Ganz gleich, womit sie es zu tun bekam, sie geriet nie in Panik und zweifelte nie an sich selbst. Jetzt, auf der Flucht vor Agenten, von denen sie auf undurchschaubare Weise überwacht wurden, und auf der Jagd nach einer Kriminellen, mit der nach Emiles Schilderungen nicht zu spaßen war, wäre Reinas unerschütterliche Ruhe vielleicht genau das Richtige.

Am Eingang zu Reinas Mietshaus drückte Ada auf die Klingel. Mehrere Minuten warteten sie ab, doch es tat sich nichts.

»Vielleicht ist sie nicht zu Hause?«, überlegte Jace laut.

Ada nickte. »Sieht so aus …«

Da kam ein älteres Ehepaar aus dem Gebäude. *»Dobrý den«*, sagte Ada freundlich lächelnd, eine höfliche und respektvolle tschechische Grußformel. Und kaum waren die beiden Herrschaften einen Schritt weitergegangen, stellte sie einen Fuß in die zufallende Tür.

»Kommt.« Sie winkte die anderen hinein.

Auch jetzt waren sie aber streng genommen noch nicht *im* Gebäude. Durch einen langen Gang gelangten sie zunächst in den schmucklosen Innenhof. Auf dessen einer Seite standen mehrere große Müllcontainer, auf der anderen befand sich eine Eisentür – der eigentliche Eingang.

»Und jetzt?«, fragte Cody. »Sollen wir warten, bis noch wer rauskommt?«

Ada verneinte stumm. Sie ging hinüber zu einer Ecke des Hofs und lockerte einen Pflasterstein. Darunter lagen zwei Schlüssel. Einer für die Eisentür, der andere für Reinas Wohnung. Ada griff sich beide und eilte damit zum Eingang.

»Sicher, dass wir da ohne Erlaubnis reinspazieren sollten?«, fragte Jace.

»Darüber wird Reina sich erst recht amüsieren«, erwiderte Ada. »Wart's nur ab. Wir vertreiben uns die Zeit, bis sie nach Hause kommt, dann lachen wir alle eine Runde, und danach lädt sie uns auf süße Quarkknödel ein.«

Im Inneren des Gebäudes stieg Ada zielstrebig die spiralförmige Treppe hinauf, immer zwei Stufen auf einmal.

Jace kam ins Schnaufen. »Gibt's hier keinen Aufzug?«

Zur Antwort zuckte Ada locker-lässig mit den Schultern, so wie sie es von Reina kannte. »Doch, doch. Aber einen tschechischen.«

»Was soll das denn jetzt heißen?«, fragte Jace.

»Es soll heißen«, sagte Cody zwei Stufen unter ihnen, »dass der Aufzug entweder außer Betrieb ist oder jederzeit den Geist aufgeben könnte, weshalb man es lieber gleich bleiben lassen sollte. In manchen ehemals kommunistischen Ländern herrscht ein gewisser Stolz auf die eigene Rückständigkeit.«

»Rückständigkeit?«, erwiderte Ada. »Eher: Einfachheit.«

Cody verdrehte die Augen. »Wie du meinst.«

Im obersten Stockwerk angekommen, lief Ada zu Reinas Wohnung, entriegelte die Tür und stieß sie auf.

»Reina? Hallo?«

Da keine Antwort kam, trat Ada ein, gefolgt von Jace und Cody. Seit Adas letztem Besuch hatte sich die Wohnung kaum verändert. In der Mitte war die Küche mit der kleinen Kochnische, die Reina nur selten nutzte, und dem noch kleineren Tisch, wo normalerweise verspeist wurde, was Reina irgendwo zum Mitnehmen besorgt hatte. Rechts davon lag das Wohnzimmer mit dem Fernseher, links ging es ins Bad und ins Schlafzimmer. Es war kein Nobelapartment, Reina stellte ihren Reichtum nicht zur Schau. Aber es war ordentlich und sauber.

Wäre da nicht das Blut gewesen.

»Ist das …?« Jace beendete den Satz nicht.

Neben einem der Stühle befand sich eine kleine dunkelrote Lache. Von dieser zweigte eine dünne Spur ab, eine lange Linie hinüber zur geschlossenen Schlafzimmertür. Als wäre dort etwas über den Boden geschleift worden, oder eher: jemand.

»R… Reina?« Adas Stimme zitterte. Zögernd ging sie hinüber zum Schlafzimmer. Sie wollte die Tür nicht öffnen. Und obwohl sie wusste, dass es nicht anders ging, musste sie ihr letztes bisschen Willenskraft zusammenkratzen, um nach dem Knauf zu fassen. Sie stieß die Tür an. Scheinbar in Zeitlupe schwang sie auf.

Reina lag auf dem Bett und starrte mit blinden Augen an die Decke. Hals und Brustkorb waren bedeckt von getrocknetem Blut. Kein Zweifel, sie war tot. Seit mindestens einem Tag schon.

»Reina …« Adas Stimme brach. Sie wankte. Hätte Jace sie nicht aufgefangen, wäre sie gestürzt.

»Da steckt etwas in ihrem Mund«, flüsterte Cody.

»Ich … ich kann das ni…« Ada fiel es schwer, ein Wort ans andere zu reihen. Was genau war hier passiert? Und wer könnte es gewesen sein? Etliche Fragen wirbelten ihr durch den Kopf, verhüllt von einem so dichten Nebel aus Trauer und Entsetzen, dass sie deren Bedeutung kaum zu fassen bekam.

»Ich schaue nach.« Das Blut und die Leiche ließen Cody offensichtlich kalt. Dass sie in dieser Situation so ruhig blieb … Irgendwo tief im Strudel des Grauens fragte Ada sich, wie oft Cody wohl schon so etwas erlebt hatte.

Cody ging seitlich am Bett entlang und zog ein aufgerolltes Stück Papier aus dem Mund der Toten. Sie strich es glatt und betrachtete es einen Moment lang schweigend.

»Das ist eine Touristenbroschüre. Geht um das Sedletz-Ossarium«, berichtete sie nüchtern. Es war, als hätte sie ihre Gefühle einfach abgeschaltet. »Da hat jemand was draufgeschrieben. Mit Blut.«

»W… wa…« Ada brachte die Worte nicht heraus, ihre Kehle war zu trocken. Sie schluckte und probierte es noch einmal. »Was steht da?«

Als Cody sie anblickte, sah Ada den Schrecken in ihren Augen. »Da steht: ›Mutter wartet schon.‹«

Hab den Mut, dir einzugestehen, dass du Hilfe brauchst

Ada und ihre Freunde saßen in einem Café in der Nähe von Reinas Wohnung. Durch das Fenster beobachteten sie das Eintreffen der örtlichen Polizei. Ada ertrug es kaum, dass ihre tote Freundin schon wieder allein daliegen musste, dass niemand auf sie aufpasste. Sie durften aber auf keinen Fall in die Ermittlungen hineingezogen werden, und aus diesem Grund hatte Ada die Behörden mit einem anonymen Anruf informiert.

Jetzt betrachtete sie das gewellte Faltblatt über das Sedletz-Ossarium.

MUTTER WARTET SCHON …

Dieselbe Handschrift wie auf dem Anhänger des Päckchens mit dem Geigerzähler, das sie in Baltimore gefunden hatten, und auf dem *Metroid*-Modul vom Tatort in Island. Und jetzt hatte Mother Brain einen dritten Hinweis für Ada platziert, vielleicht den letzten.

»Sie fordert dich heraus«, stellte Cody mit leiser Stimme fest. Sie wärmte ihre Hände an einem Becher Kräutertee.

Ada nickte stumm.

»Sind wir ganz sicher, dass Reina von Mother Brain ermordet wurde?«, fragte Jace.

»Sind wir«, antwortete Cody.

»Und aus dieser Botschaft können wir schließen, dass sie da … einfach auf uns wartet?«, erwiderte Jace.

»Auf *mich*«, meinte Ada.

»Ja, klar. Stimmt. Aber …«

»Nein, Jace. Ich gehe allein hin.«

Er runzelte die Stirn. »Moment mal. Wir sind so dicht dran. Ich kann jetzt nicht rumsitzen und Däumchen drehen. Ich komme mit.«

»Du kapierst es nicht, oder?«, entgegnete Ada. »Reina hatte einiges drauf. Sehr viel sogar. Mehr als ich. Trotzdem hat Mother Brain sie kalt erwischt. Ich werde dich nicht vor ihr schützen können.«

»Das erwarte ich auch gar nicht.«

Adas Gesicht spannte sich an. Sie wollte nicht auf diese Art mit ihm reden. Es könnte ihn verletzen, das war ihr bewusst. Doch es musste sein. »Ach nein? Und wenn wir von einem Haufen Typen mit Maschinenpistolen eingekreist werden, was willst du dann tun? Dir den Weg freihacken? Sorry, aber du würdest mir bloß zur Last fallen.«

Jace machte ein Gesicht, als würde er gern etwas erwidern, wüsste aber nicht, was. Was hätte er auch dagegen einwenden können? Schließlich schien er es einzusehen. Es gefiel ihm offenbar nicht, aber Hauptsache, er hatte verstanden.

»Mir ist's nur recht, wenn ich nicht mitsoll«, meldete sich Cody zu Wort. »Es gibt die normalen Verbrecher … Und es gibt die geistesgestörten. Ist nicht schwer zu erraten, in welche Kategorie diese Mother Brain fällt.«

Jace warf ihr einen irritierten Blick zu. »Meinst du das ernst? Dir ist's *nur recht*, wenn Ada es allein mit dieser Irren aufnimmt?«

»Natürlich nicht«, erwiderte Cody. »Ich finde ehrlich gesagt, wir sollten das Ganze abblasen. Das ist es nicht wert. Ein guter Dieb muss wissen, wann es Zeit ist, sich gepflegt vom Acker zu machen. Aber daran wird Ada sich nicht halten.« Sie sah Ada ganz ruhig an. »Oder?«

»Nein«, sagte Ada. Es ging ihr weder darum, sich selbst zu beweisen, was sie konnte, noch um Geld oder die Rettung der Welt vor der Cyber-Apokalypse. Das war vorbei. Jetzt war es etwas Persönliches geworden.

Cody nickte. »Und davor habe ich durchaus Respekt. Ich will aber nicht dafür sterben.«

»Das verstehe ich«, meinte Ada. »Und ich bin froh, dass es ist, wie es ist.«

»Du bist froh?« Jace blickte sie ungläubig an.

»Pascale hat gesagt, ich muss mich entscheiden, was für ein Mensch ich sein will«, flüsterte Ada. »Das klingt sehr schwierig. Ist es aber nicht.«

Sie sah Jace an. »Du bist mein bester Freund. Das heißt, ich glaube, du bist der einzige Mensch, den ich jemals wirklich als Freund bezeichnen konnte. Ich hätte nie gedacht, dass irgendwer mal so für mich da sein würde wie du. Ich kann mich in allem auf dich verlassen.«

Sie sah Cody an. »Ehrlich gesagt, habe ich keine Ahnung, ob wir Freundinnen sind oder irgendwann mal werden könnten. Aber das heißt nicht, dass du mir egal wärst. Oder dass ich mich nicht für dich interessieren würde. Du bringst mich dazu, über vieles ganz neu nachzudenken. Du forderst mich heraus und machst mich dadurch besser.«

Dann blickte Ada wieder auf das blutige Faltblatt in ihren Händen. »Das ist das erste Mal, dass ich zwei Leute habe, die mir so wichtig sind. Und deshalb weiß ich jetzt, was für ein Mensch ich sein will: Ich will die beschützen, die mir etwas bedeuten. Wenn ich euch zu meinem Treffen mit dieser Mörderin mitnehmen würde, könnte ich das nicht. Ich will aber auch niemand sein, der aus Angst im falschen Moment einen Rückzieher macht. Und das heißt: Um wirklich der Mensch zu werden, der ich sein will, muss ich mich Mother Brain stellen – allein.«

Für eine Weile schwiegen alle drei.

Schließlich seufzte Cody. »Das war's dann wohl. Mach's gut, *française*.«

»Dein Ernst?«, fragte Jace. »Du haust einfach ab?«

»Was soll ich noch hier? Bringt doch nichts, Ada bei ihrer Kamikazeaktion zuzuschauen.«

»Ich kann nicht fassen, dass du …«

»Ist schon gut«, unterbrach Ada ihn. »Ich versteh's.«

Cody lächelte. »Dachte ich mir doch. *Buena suerte*, Ada, ich drück dir die Daumen. Und vielleicht sieht man sich irgendwann mal wieder.«

Ada antwortete mit einem verschmitzten Grinsen. »Ja, vielleicht schon bald. Könnte doch sein.«

Das schien Cody kurz zu verunsichern, doch sie fing sich rasch. »Lass es dir gut gehen, Jace.«

»Ja, schon klar.« Er mied ihren Blick.

Einen Moment lang sah Cody ihn noch an, und wenn Ada nicht alles täuschte, mogelte sich eine Spur Kummer durch ihre Maske der Selbstsicherheit. Dann nickte Cody und verließ das Café.

»Nicht zu glauben.« Tiefe Furchen gruben sich in Jace' Stirn. »Wir haben zusammen so viel mitgemacht. Und sie lässt uns einfach sitzen.«

»Sie hat Wort gehalten«, stellte Ada fest. »Sie hat uns geholfen, den Hacker's Key zu finden. Hey, sie hätte auch direkt nach Island die Biege machen können, wenn sie gewollt hätte. Selbst dann hätte sie ihren Teil der Abmachung erfüllt.«

»Okay, stimmt ...« Er presste die Lippen aufeinander. »Aber ich will dich nicht einfach so alleinlassen. Irgendwas muss ich doch für dich tun können.«

»Na sicher. Du wirst dich nur nicht drüber freuen. Mir geht's genauso, aber jetzt kommt es drauf an, da darf man nicht wählerisch sein. Wie gesagt, ich muss da allein hin. Aber deswegen muss ich noch lange nicht allein *sein*.«

Auch das Unwahrscheinliche ist möglich

Mit dem Regionalzug fuhr Ada nach Kutná Hora. Die kleine Stadt schien teilweise im Mittelalter festzuhängen: So lag der Bahnhof in einem modernen Außenbezirk, einem Industriegebiet mit breiten, schwarz asphaltierten Straßen, doch der Marsch ins Zentrum wurde zu einer Reise in die Vergangenheit. Die schnurgeraden Straßen verjüngten sich zu verschachtelten Wegen, der Asphalt wich uralten, verwitterten Pflastersteinen. Die Gebäude, von denen keines mehr als zwei oder drei Stockwerke hatte, wirkten immer älter und stärker vom Lauf der Zeit gezeichnet. Und in der Ferne, auf einem Hügel am anderen Ende der Stadt, thronte einer der größten Kirchenbauten, die Ada je gesehen hatte.

Sie wollte allerdings nicht den prachtvollen Dom besichtigen. Sie musste zum Sedletz-Ossarium, das noch einen anderen Namen trug: Knochenkirche. Der passende Treffpunkt für eine Verabredung mit einer Mörderin.

Das Ossarium lag inmitten eines Friedhofs. Angeblich tummelten sich dort immer scharenweise Touristen, doch jetzt gerade, am frühen Nachmittag, war niemand zu sehen. Offenbar hatte Mother Brain dafür gesorgt, dass sie nicht gestört wurden. Hoffentlich nicht, indem sie einfach alle Touristen in der näheren Umgebung umgebracht hatte.

Ada folgte dem Friedhofsweg, vorbei an uralten Grabsteinen, die

Namen der Verstorbenen von Wind und Wetter ausgelöscht. In der Mitte des Geländes stand eine kleine Steinkirche, und daneben führte eine Treppe hinab in die Gruft.

In einem Ossarium wurden die Knochen der Toten aufbewahrt. Auch wenn es viele solche »Beinhäuser« gab, war das von Sedletz doch einzigartig. Das große Gewölbe beherbergte die Skelette von vierzig- bis siebzigtausend Menschen, die allerdings zu einem großen Teil weder begraben worden waren noch in bloßen Haufen herumlagen. Vielmehr hatte František Rint, ein Tischler aus dem 19. Jahrhundert, aus ihnen ein Kunstwerk gemacht.

In jeder Ecke standen glockenförmige, knapp zwei Meter hohe Gebilde, geformt aus Knochen. An den Gewölbebögen reihten sich die Totenschädel auf wie Girlanden, aus unzähligen leeren Augenhöhlen blickten sie starr grinsend auf Ada hinab. In eine Wand war ein gigantischer Pokal eingelassen, an einer anderen prangte ein mittelalterliches Wappen, beide mit unglaublichem Geschick aus verschiedensten Menschenknochen zusammengefügt.

Im Zentrum des Gewölbes hing ein gewaltiger Kronleuchter mit einem Durchmesser von ungefähr 2,50 Meter, ebenfalls aus nichts als Knochen gebaut – ein makabrer, aber auch wunderschöner Anblick. Besonders kreativ fand Ada, wie Rint aus überlappenden Beckenknochen riesige Skelettblüten geformt hatte. Das hätte meinem Vater gefallen, sagte sie sich, dieser merkwürdige Kontrast … Ob er wohl jemals hier gewesen war? Ada hoffte es, denn jetzt würde er wahrscheinlich nicht mehr dazu kommen.

Sie stieß einen leisen Seufzer aus. »Ach, Papa …«

»Dein Vater hat mir hier den Heiratsantrag gemacht.«

Es war eine fremde und doch schrecklich vertraute Stimme. Ada drehte sich zu dem steinernen Altar am Ende des Gewölbes um.

Dort stand eine hochgewachsene, schlanke Frau. Mitte vierzig, blond, von Kopf bis Fuß schwarz gekleidet. Mit ihrer blassen Haut, ihrem hellen Haar und den kalten blauen Augen hätte man sie fast für eine Geistererscheinung halten können.

Mother Brain war niemand anderes als Lilith Genet.

»Maman …«

Wie hatte Ada nur so blind sein können? Hatte ihr Vater sie nicht extra ermahnt, *die Macht der Familie niemals zu unterschätzen*? Ada hatte spekuliert, dass er damit auf sich selbst anspielte, aber das war ein Irrtum. Er wollte sie vor ihrer Mutter warnen. Er hatte es gewusst. Vermutlich war ihm schon nach einem einzigen Blick auf das *Metroid*-Modul klar gewesen, wer den Hacker's Key gestohlen hatte.

Lilith sah Ada freundlich an, doch ihr Lächeln schien vor ihren Augen haltzumachen. »Hallo, Ada. Meine Güte, bist du groß geworden.«

»Du hast Reina ermordet«, erwiderte Ada.

»Ich habe viele Menschen getötet.« Das sagte Adas Mutter, ohne mit der Wimper zu zucken. »Übrigens haben wir uns deswegen getrennt, dein Vater und ich. Er ist damit einfach nicht zurechtgekommen.«

»Ja. Weil er kein Mörder ist.«

»Nein. Weil er ein schwacher, überempfindlicher Narr ist. Während er als ehrenhafter Dieb durch die Weltgeschichte getingelt ist, habe ich die Dinge in Bewegung gebracht. Habe alte Regierungen gestürzt und neuen Starthilfe gegeben. Habe auf der ganzen Erdkugel den Wandel vorangetrieben. Und nebenbei natürlich unglaublich viel Geld verdient. Jetzt sollst du die Chance haben, mir zur Seite zu stehen. Mir zu beweisen, dass mehr in dir steckt als die gefühlsduseligen Ideale deines Vaters.«

»Ich … Ich verstehe das nicht.«

Ada hatte sich immer vor ihrer Mutter gefürchtet. Schon als kleines Mädchen hatte sie ein Gespür dafür gehabt, wie kalt und gleichgültig Lilith anderen Menschen gegenüberstand – und wie falsch das war. Doch mit der Zeit war die Erinnerung verblasst wie die an einen bösen Traum. Die Frau, die Ada im Gedächtnis geblieben war, war schlimm genug, aber nicht annähernd so Furcht einflößend wie die, die nun vor ihr stand.

»Ich musste natürlich zunächst sichergehen, dass du das Zeug dazu hast«, fuhr Lilith fort. »Und was soll ich sagen, meine Liebste? Du bist regelrecht aufgeblüht. Hast ein Team zusammengestellt und dir dessen Fähigkeiten zunutze gemacht, wo es angebracht war, hast wenn nötig aber auf dich selbst vertraut …« Ein trockenes Kichern. »Emile ist ziemlich sauer auf dich, aber das hat er sich wohl selbst zuzuschreiben. Trotzdem ist er zu manchem durchaus zu gebrauchen. Danke also, dass du ihn am Leben gelassen hast.«

»Das heißt … Das war alles nur ein Test?«, fragte Ada. »Eine Prüfung, ob ich es wert bin, in dein Team aufgenommen zu werden?«

»So ist es, meine Liebste. Und du hast so gut wie bestanden.«

Ada kniff die Augen zusammen. »So gut wie?«

Da hielt ihre Mutter einen kleinen schwarzen USB-Stick hoch. Ein Ding wie so viele andere, doch irgendein Gefühl verriet Ada: Das war der Hacker's Key.

»Die Welt quillt über von schwachen, armseligen Menschen, derart abhängig von der Technik, dass sie ohne nicht mehr weiterwüssten.« Liliths Lippen verzogen sich zu einem raubtierhaften Grinsen. »Sobald ich – mit deiner Hilfe – diese Waffe entfesselt habe, werden die Schwachen im Chaos versinken, und wir – die Starken – können sie beiseitefegen.«

»Und die Opfer?«, entgegnete Ada. »Die Toten?«

Ihre Mutter zuckte mit den Schultern. »Wird es voraussichtlich geben, ja. Aber seien wir ehrlich: Wer nicht ohne Technik überleben kann, der hat es kaum verdient zu leben.«

»Und was ist mit denen, die im Krankenhaus liegen?«

»Das Leben ist grausam. Wird Zeit, dass die Gesellschaft sich das endlich eingesteht. Wenn wir nicht irgendwann die nutzlosen Lasten abschütteln, werden wir nie echte Fortschritte erzielen können.«

Entgeistert starrte Ada ihre Mutter an. Wie hatte ihr Vater diese Frau jemals lieben können? Lilith Genet war ein Monster.

»Also, wie wär's?«, fragte sie jetzt. »Bereit, mit mir einen großen Schritt in eine aufregende Zukunft zu tun?«

»Du glaubst, mit dieser Argumentation könntest du mich von dir überzeugen?«, erwiderte Ada. »Ich bitte dich.«

Ihre Mutter seufzte. »Ich hätte wohl damit rechnen müssen. Bei all dem Unsinn, den Remy dir über die Jahre eingetrichtert hat … aber keine Sorge. Sobald ich den Schlüssel eingesetzt habe, wirst du es dir anders überlegen. Du bist schließlich meine Tochter.«

Ada straffte die Schultern. »Nur dass du den Schlüssel nicht einsetzen wirst. Weil ich ihn dir abnehmen werde.«

Ihre Mutter lachte. »Wann denn? Jetzt?«

Ada nickte.

»Das glaube ich kaum.«

Lilith schnippte mit den Fingern, und hinter den glockenförmigen Gebilden in den vier Ecken trat jeweils ein Mann hervor.

»Ich muss schon sagen, meine liebe Tochter. Du hättest dir doch denken können, dass ich nicht ohne Begleitung kommen würde.«

»Sie aber auch nicht«, meldete sich eine vertraute Stimme mit russischem Akzent.

Als Ada sich umdrehte, stand Schukov hinter einem von Liliths Untergebenen und drückte ihm den Lauf einer Pistole in den Nacken.

»Schukov?«, fragte Ada. In ihrem Plan war der Russe nicht vorgekommen. »Woher wussten Sie, wo ich bin?«

Hinter Schukovs Rücken tauchte Cody auf. Sie winkte. »Hey, *française*.«

Adas Augen weiteten sich. »Cody? Ich war mir ja beinahe sicher, dass du irgendwen über unsere Route informierst. Aber ich dachte, du arbeitest für die Chinesen.«

»Hat sie auch.« Aus einer anderen Ecke kam Ms. Wangs Stimme. Neben ihr stand Agent Zhao und hielt mit seiner Waffe den Mann in Schach, der dort postiert war. So weit, so gut – mit Wang und Zhao hatte Ada fest gerechnet.

Ms. Wang bedachte Cody mit einem kühlen Blick. »Miss Francesco sollte für uns Informationen über die wahren Hintergründe der Springfield Military Reform School sammeln. Doch kaum nahm das ganze Desaster seinen Lauf, hat man ihr offenbar ein besseres Angebot gemacht.«

»Wie oft hast du bitte die Seiten gewechselt?«, wandte Ada sich an Cody. Doch eigentlich war sie eher beeindruckt als beleidigt. Ja, es gab ihr sogar ein gutes Gefühl, dass auch andere von Cody hintergangen worden waren.

Cody zuckte die Achseln und lächelte entschuldigend. »Ich habe die Regeln nicht gemacht. Aber ich spiele gerne mit.«

Ada seufzte. Diese Antwort war so typisch Cody.

Sie drehte sich wieder zu Ms. Wang um. »Aber wenn Cody nicht mehr für Sie gearbeitet hat, woher wussten Sie dann immer, wo wir sind?«

Ms. Wang lächelte knapp. »Miss Francesco mag ein großes Sprachtalent sein – beim Thema Verschlüsselungstechniken hat sie noch Nachholbedarf. Schon kurz nachdem wir erkannt hatten, dass sie wortbrüchig geworden war, hatten wir ihren regen Austausch mit Schukov abgefangen und ausgewertet.«

»Und wann hat der angefangen?«, wollte Ada wissen.

»In Island«, gab Cody zu. »Nach der Nummer am Flughafen von Baltimore dachte ich mir: Hey, der Typ wäre ein interessanter Geschäftspartner.« Ihre Stirn kräuselte sich, sie schien aufrichtig besorgt. »Ada … Nimm's bitte nicht persönlich, ja? Es ging mir nur ums Geschäft. Ich kriege dafür einen dicken Batzen Geld.«

»Vorausgesetzt, Schukov bekommt den Schlüssel am Ende wirklich«, ergänzte Ada.

Cody zuckte zusammen. »Du sagst es.«

»Dazu wird es nicht kommen«, verkündete Ms. Wang mit fester Stimme. »Die Regierung Chinas ist vielmehr der Ansicht, dass der Hacker's Key in *niemandes* Besitz gehört. Das Risiko ist zu groß. Er muss vernichtet werden.«

»Seien Sie nicht naiv, Wang«, entgegnete Schukov. »Bei dem Tempo, in dem sich Künstliche Intelligenz entwickelt, werden wir ihn eines Tages brauchen. Wahrscheinlich früher, als man denkt.«

Mit einem Räuspern machte Adas Mutter auf sich aufmerksam. »Sie diskutieren hier, als hätten Sie den Schlüssel schon in der Tasche. Dabei haben Sie nur zwei meiner Männer unter Kontrolle. Wir befinden uns immer noch in einer Pattsituation.«

»Dem muss ich widersprechen.« Hinter dem dritten Knochenturm trat Ms. North hervor, ihre Pistole im Nacken des dort postierten Angreifers. Einen Moment später nahm Agent Watts den vierten und letzten ins Visier.

»Special Agent North?« Schukov strahlte nur wenig Wiedersehensfreude aus.

»Hallo, Anton.« Wie immer, wenn andere auf dem falschen Fuß erwischt wurden, musste Ms. North lächeln. »Wie war das? Sie wollen den Schlüssel an sich nehmen?«

Er verzog das Gesicht. »Das war selbstverständlich nur ein Scherz. Russischer Humor.«

»Hmmmmm …«, machte Ms. North. »Und Sie, Cody? Arbeiten für die Chinesen *und* für die Russen? Ts, ts, ts. Da werden wir zu Hause in Springfield aber ein längeres Gespräch führen müssen …«

»Tut mir leid, Sie enttäuschen zu müssen«, sagte Schukov. »Miss Francesco hat Asyl in Russland beantragt. Sie wird mich begleiten.«

»Verstehe.« Nun wirkte Ms. North wenig erfreut.

»Wie haben Sie überhaupt den Weg hierher gefunden, Agent North?«, erkundigte sich Ms. Wang. »Ihr Peilsender wurde doch neutralisiert?«

»Ach, Ada hat mich hierherbestellen lassen. Ist das nicht offensichtlich?«

»Wie bitte?« Bisher hatte Lilith Genet eiserne Ruhe bewahrt, selbst nach Ms. Norths Auftauchen, doch nun stand ihr das Entsetzen ins Gesicht geschrieben. »Das … das kann doch nicht … Ada! Sag, dass das nicht wahr ist!«

»Ist es aber, Mutter«, erwiderte Ada. »Was dachtest du denn, was Jace die ganze Zeit gemacht hat?«

Hinter Ms. North steckte Jace den Kopf hervor und winkte. Dann wurden seine Augen immer größer. »Okaaay, das sind ein bisschen zu viele Knarren für meinen Geschmack …« Und schon versteckte er sich wieder hinter Ms. North.

»Du hast mich an die amerikanischen Behörden verpfiffen?« Wutentbrannt machte ihre Mutter einen Schritt auf Ada zu. »Darüber wäre selbst Remy empört!«

»Kann sein«, sagte Ada. »Aber ich bin nicht mein Vater. Ich bin auch nicht du. Ich bin ein eigener Mensch, und ich allein entscheide, wer ich sein will. Mir ist klar geworden, dass es genau eine Möglichkeit gibt, meine Freunde zu beschützen und an den Schlüssel zu kommen: mir Hilfe zu holen. Und das habe ich getan.«

»Dazu hat es eine Menge Mut gebraucht, Mrs. Genet«, meinte Ms. North. »Sie sollten stolz sein auf Ihre Tochter.«

Lilith Genet lächelte spöttisch. »Ich bin angeekelt. Und ich hatte tatsächlich gehofft, sie würde …« Kopfschüttelnd rief sie: »Licht!«

Es war, als würde das Geschehen vor Adas Augen in Zeitlupe ablaufen. Ihre Mutter schleuderte den Hacker's Key hoch in die Luft. Und Cody, Ms. Wang, Jace, Ada selbst – alle, die keinen Gegner in Schach hielten – stürzten sich darauf.

Plötzlich erlosch das Licht.

In der Dunkelheit krachten sie gegeneinander.

Als es wieder hell wurde, lagen alle vier über- und untereinander auf der Erde.

Und Lilith Genet war verschwunden.

Doch der Schlüssel war auf dem Boden zurückgeblieben. Ada schnappte ihn sich und sprang auf.

»Hab ihn!«

»Ah, Miss Genet! Wieso überlassen Sie das Ding nicht einfach mir?« Schukov rieb sich die Augen und bemühte sich um ein besonders herzliches Lächeln.

»Nein!« Auch Ms. Wang rappelte sich auf. »Der Schlüssel ist zu gefährlich. In unser aller Interesse – zerstören Sie ihn!«

Ada betrachtete den kleinen, unscheinbaren USB-Stick. Wie viel Macht sie auf einmal in den Händen hielt. Sie konnte alles erreichen. Alles haben. Alles *sein*. Doch inzwischen wusste sie, wer sie sein wollte. Und dieser Mensch brauchte keine Massenvernichtungswaffe.

Sie nickte Ms. North zu. »Unsere Vereinbarung steht? Obwohl meine Mutter entkommen ist?«

»Unsere Vereinbarung steht.« Im Licht des Knochenkronleuchters blitzten Ms. Norths Brillengläser.

Ada schaute Cody an. »Sieht schlecht aus für dich und deinen dicken Batzen Geld. Aber nimm's nicht persönlich, ja?«

Da grinste Cody. »Warum sollte ich, *française*? So läuft es eben manchmal.«

Ada ging hinüber zu Ms. North und überreichte ihr den Hacker's Key. »Und Sie kümmern sich darum, dass die Vereinten Nationen diesmal nicht an den Sicherheitsmaßnahmen sparen.«

Wenn etwas zu Ende geht, kann etwas Neues beginnen

»War das mal ein Brötchen oder ein Dumpling?«, fragte Jace. Er, Ada und Ms. North saßen in einem kleinen Restaurant in Prag, und Jace starrte auf einen dampfenden Teller voll *Český guláš* – tschechischem Gulasch. »Ich bin mir echt nicht sicher.«

»Das sind aufgeschnittene *houskové knedlíky*«, erläuterte Ms. North. »Was so viel bedeutet wie ›Brotknödel‹. Und Knödel sind so etwas Ähnliches wie Dumplings, nur anders. Im Grunde könnte man daher sagen: Es war beides.«

»Ist auch egal. Es schmeckt jedenfalls.« Mit der Gabel spießte Jace ein dickes, soßengetränktes Stück Rindfleisch auf.

»Das hier war Reinas Lieblingsrestaurant«, sagte Ada leise und rührte in der Soße auf ihrem Teller. Ihr war nicht nach Essen zumute.

»Es tut mir sehr leid, dass es so weit gekommen ist«, meinte Ms. North. »Wahrscheinlich ist es nur ein kleiner Trost, aber ich kann Ihnen versichern: Sie hätten Ihre Mutter nicht aufhalten können.«

Ada nickte. Ms. North war der letzte Mensch, mit dem sie über Reina reden wollte. Deswegen fragte sie lieber schnell: »Und wie geht es jetzt mit Cody weiter?«

»Gegen ihren Asylantrag ist nichts einzuwenden. Dementsprechend ist sie definitiv auf dem Weg nach Russland. Fragen Sie mich nicht, was Schukov mit ihr vorhat, aber eine Person mit ihren Fähigkeiten wird nicht lange zum Zuschauen verdammt sein. Es ist zu erwarten, dass wir schon bald wieder von ihr hören werden.«

Jace wurde unruhig. »Und was ist mit uns?«

»Sie haben den Hacker's Key und die Täterin für mich ausfindig gemacht. So wie vereinbart. Die Täterin ist uns zwar entwischt, den Schlüssel habe ich aber – immerhin. Sie werden keine Strafpunkte für Ihren Ausbruch aus der Schule bekommen, und ich werde darüber hinaus alle bisherigen Strafpunkte aus Ihren Akten streichen.«

»Dann geht es also zurück nach Springfield?«

Jace' Begeisterung hielt sich in Grenzen, Adas ebenso. Sie hatten einen kurzen Ausflug in ein Leben voller Freiheit und Abenteuer unternehmen dürfen – und nun war es damit wieder aus und vorbei. Gut, sie würden wenigstens keinen Ärger bekommen. Aber an die Schule zurückkehren zu müssen war schon Strafe genug.

Ms. North ließ einen Rest Kaffee in der Tasse kreisen. Auf ihren Lippen tauchte ein Lächeln auf, das Ada noch nie gesehen hatte. Es wirkte beinahe ... nett.

»Darüber wollte ich mit Ihnen beiden ohnehin noch sprechen.«

Ada und Jace horchten auf. Mussten Sie vielleicht doch nicht zurück?

»Vorneweg: Da Sie beide noch minderjährig sind und unter Vormundschaft der US-Behörden stehen, müssen Sie selbstverständlich an der Springfield Military Reform School eingeschrieben bleiben«, erklärte Ms. North. »Was allerdings nicht zwangsläufig bedeutet, dass Sie Springfield nicht verlassen dürften.«

»Was soll das heißen?«, fragte Ada.

»Sie gehen doch beide in die B-Klasse.«

»Ja«, murmelte Ada. »Noch.«

Ms. North nickte. »Und die Schrecken der C-Klasse sind Ihnen offenbar bekannt.«

»Klar«, antwortete Jace.

»Aber haben Sie sich schon einmal gefragt, wo sich die Schüler der A-Klasse herumtreiben?«

Ada und Jace blickten sich mit großen Augen an. Stimmt, überlegte Ada, sie hatte sich ab und zu gewundert, dass man die nie zu Gesicht bekam ... Doch dann war sie einfach davon ausgegangen, dass sie in einem anderen Stockwerk untergebracht waren.

Ms. North fuhr fort: »So mancher junge Mensch verfügt über bemerkenswerte Fähigkeiten, die er oder sie aber bedauerlicherweise zur persönlichen Bereicherung genutzt hat – was meist auf falsche Erziehung zurückzuführen ist. Etliche dieser jungen Leute besuchen die B-Klasse der Springfield Military Reform School. Doch hin und wieder stellen ein paar wenige von ihnen unter Beweis, dass sie ihre ›Jugendsünden‹ hinter sich gelassen haben. Etwa indem sie eine terroristische Bedrohung globalen Ausmaßes abwenden. Für diese exklusive Gruppe betreiben wir eine Art ... Zweigstelle unserer Schule, deren Lehrplan deutlich mehr ... nun ja ... praktische Erfahrung vorsieht. Ein Programm mit etlichen Herausforderungen, an denen man wachsen kann.«

Jace' Augenbrauen wanderten in die Höhe. »Quasi eine ... Schule für Geheimagenten?«

Ms. North zuckte mit den Schultern. »Wenn man so will. Also, was sagen Sie dazu? Interesse an einem Übertritt in die A-Klasse?«

Nicht unsere Familie bestimmt darüber, wer wir sind, sondern unser Handeln

»Und, *chérie* … Vertraust du dieser Ms. North?«, fragte Adas Vater mit fein austarierter, absolut neutraler Miene.

Ada war an den Ausgangspunkt ihres Abenteuers zurückgekehrt. Sie saß vor der Plexiglasscheibe, gegenüber von ihrem Vater.

»Natürlich nicht, Papa«, erwiderte sie.

Sichtlich zufrieden nickte er. »Und trotzdem hast du ihr Angebot angenommen?«

»Ja. Jace und ich fliegen heute Abend los. Ich soll dir aber nicht sagen, wohin genau. Tut mir leid.«

Ein energisches Kopfschütteln. »Es gibt keinen Grund, sich zu entschuldigen.«

»Obwohl ich für die US-Behörden arbeiten werde?«

Er zuckte die Achseln. »Fürs Erste. Du lernst, was es dort zu lernen gibt, und überlegst dir dann, was du aus deinem Leben machen willst. Zumindest wirst du nicht mehr in dieser ›Schule‹ festsitzen.«

»Meine … Mutter hat gesagt, selbst du würdest dich darüber aufregen, dass ich mit Ms. North zusammengearbeitet habe.«

»Sie hat sich getäuscht. Wie in so vielem. Du hast eine schwierige Entscheidung getroffen. Du bist über deinen Schatten gesprungen, weil es für dein Team und für die Mission am besten war – so wie es sich gehört, wenn man Verantwortung trägt. Ich bin unglaublich stolz auf dich.«

Ada lächelte erleichtert. »Danke, dass du das verstehst, Papa.«

»Und Reina …« Ihr Vater legte eine Hand flach auf die Scheibe. Seine Augen waren feucht. »Ich wünschte, ich hätte irgendwas …« Er schluckte mühsam und schüttelte dann den Kopf. »Es tut mir leid, dass du sie so sehen musstest.«

In Adas Brust zog sich etwas zusammen, und auch sie drückte eine Hand gegen das Glas, genau auf die ihres Vaters. Möglich, dass es nur Einbildung war, aber sie glaubte, die Wärme seiner Haut spüren zu können. Wenigstens ein bisschen.

»Du fehlst mir, Papa«, flüsterte sie.

Trotz der Tränen in seinen Augen lächelte er. »Das kann ich verstehen. Ich bin schon recht toll, nicht wahr?«

Sie lachte leise. »Na ja, du bist ganz okay.«

»Und ich werde dir wohl kaum weglaufen. Also geh nur, stürz dich in deine eigenen Abenteuer. Ich werde hier sitzen und ungeduldig darauf warten, was du mir bei deinem nächsten Besuch zu berichten hast.«

»So machen wir es, Papa.«

Ada war nicht wie ihr Vater, der Dieb. Sie war ganz bestimmt nicht wie ihre Mutter, die Mörderin. Vielleicht war ihr immer noch nicht zu einhundert Prozent klar, wer sie sein wollte. Doch sie hatte sich fest vorgenommen, es herauszufinden. Und das würde sie ganz allein schaffen.

Anmerkung

Sämtliche Figuren aus dieser Geschichte sind frei erfunden, so gut wie alle Schauplätze finden sich aber in der echten Welt wieder, auch die Cliffs of Moher und die Knochenkirche. Es gibt nur zwei Ausnahmen, nämlich das Hochsicherheitsgefängnis, in dem Remy Genet sitzt, und die Springfield Military Reform School. Ebenso sind so gut wie alle naturwissenschaftlichen und technischen Zusammenhänge in der Realität verwurzelt, allerdings mit einer nicht ganz unbedeutenden Ausnahme: dem Hacker's Key selbst. Wenn uns eines Tages unsere KI-Machthaber ans Leder wollen, werden wir uns leider etwas anderes einfallen lassen müssen.

Danksagung

Ich reise für mein Leben gern und so oft ich kann. An fast jedem Schauplatz dieses Romans bin ich selbst gewesen. Und da ich auch sehr gerne mit Freunden verreise, will ich den Unerschrockenen danken, die gewillt waren, mich zu begleiten. Vielen Dank an Darren Focareta, meinen Reisepartner in Island und Irland, und an Zach Morris, der mit mir in Prag und Kutná Hora herumgehangen hat. Ein extragroßes Dankeschön geht aber an Stana Benestova – dafür, dass ich nicht nur gratis in ihrer Wohnung in Smíchov übernachten, sondern dort auch noch einen fiktiven Mord ansiedeln durfte! Vielen Dank außerdem an meinen Sohn Zane Skovron, der mich in Sachen *Dragon Ball* und *Super Smash Bros.* auf dem Laufenden hält. (Es bleibt dabei, ich spiele Prinzessin Zelda. Mir doch egal, ob sie angeblich zu den schwächsten Kämpfern gehört und wie oft ich mit ihr verliere, sie ist und bleibt mein *Main*.)

Darüber hinaus möchte ich meinem Lektor Zachary Clark danken, der mich voller Begeisterung und Weisheit durch den gesamten Schreibprozess begleitet hat, und David Levithan, der mich überhaupt erst davon überzeugt hat, ein Buch für diese Altersgruppe zu schreiben. Und natürlich muss ich auch meiner Agentin Jill Grinberg und dem ganzen Team von JGLM danken, denn ihre Unterstützung ist das Fundament meiner Arbeit.

J. Kelley Skovron

J. Kelley Skovron wurde 1976 in Columbus, Ohio, geboren, arbeitete unter anderem in den Bereichen Schauspiel, Musik und Webdesign. Doch Kelleys wahre Leidenschaft gehörte schon immer dem Schreiben von Fantasy-Romanen für Jugendliche und Heranwachsende. In Amerika hat sind bereits zahlreiche Jugendbüchern und Kurzgeschichten erschienen, z. T. unter den Pseudonymen Jon Skovron und J. S. Kelley. J. Kelley Skovron lebt mit zwei Söhnen in Washington D.C.